Quand la ville se défait

Du même auteur

La Police des familles
Minuit, 1977, 2005

L'Invention du social
Essai sur le déclin des passions politiques
Fayard, 1984
et Seuil, « Points Essais », n° 287, 1994

Face à l'exclusion
Le Modèle français
(sous la direction de Jacques Donzelot)
Éditions Esprit, 1991

L'État animateur
Essai sur la politique de la ville
(en collaboration avec Philippe Estèbe)
Éditions Esprit, 1994

Faire société
La politique de la ville aux États-Unis et en France
(en collaboration avec Catherine Mével
et Anne Wyvekens)
Seuil, « La Couleur des idées », 2003

Jacques Donzelot

Quand la ville se défait

Quelle politique face à la crise des banlieues ?

Éditions du Seuil

ISBN 978-2-7578-0687-6
(ISBN 2-02-086107-0, 1re publication)

To Ulf Martensson,
my professor

AVANT-PROPOS

De la galère à la racaille

Racaille : cette adresse négative à l'intention de la jeunesse des banlieues, lancée par un impétueux ministre de l'Intérieur, aura donc suffi pour déchaîner trois semaines d'émeutes nocturnes dans toutes les cités où cette jeunesse se sentait reléguée. Certes, les jeunes, eux-mêmes, se servaient de ce vocable, mais avec un esprit d'autodérision qui interdisait qu'on l'utilise sérieusement pour les désigner. Si un seul mot, fût-il celui-ci, a suffi pour alimenter une telle révolte, c'est donc bien que l'état des lieux s'y prêtait. Mais depuis quand ? Depuis combien de temps l'autodérision et le mépris officiel avaient-ils pris le pas sur l'espoir et la compréhension ?

Ce sentiment d'extrême humiliation était-il déjà présent lorsque commencèrent les émeutes dans les cités, en particulier la première, celle qui avait éclaté dans la banlieue de Lyon, au quartier des Minguettes, durant l'été 1981 ? Considérées avec le recul que nous procurent celles des nuits de novembre de l'année 2005, ces premières émeutes apparaissent plutôt comme celles de l'espoir. Non qu'elles aient délivré, à cet égard, un message très limpide et une attente lumineuse. Mais elles avaient révélé le problème des banlieues, enclenché une prise de conscience dont témoignèrent la médiatisation de la fameuse marche des Beurs, en décembre 1983, ainsi que l'accueil des protagonistes de celle-ci à l'Élysée par François Mitterrand. Cette émeute, cette espérance, avaient justifié la création d'une politique qui se voulait généreuse en valorisant l'aspiration de cette jeunesse à prendre toute sa place dans une France dite black-blanc-beur, et cela par le développement social des quartiers où elle se trouvait confinée. Tout en visant expressément cette jeunesse maghrébine des cités, cette politique fut dite « de la ville », car parler alors d'intégration, c'eût été reconnaître que la République pouvait avoir un problème de fond, et non un simple malentendu, avec une partie de sa population en raison de son origine ethnique, de sa couleur de peau ou de sa religion. Une telle formulation aurait alors choqué tous les esprits, de gauche comme de droite. Parler des Maghrébins en les nommant comme tels ne pouvait, en ce temps-là, se faire qu'en se situant à l'extrême droite, tant cette désignation « forcément » péjorative convenait aux discours de ses ténors contre toute idée d'une politique positive en direction de cette population. Tant ceux-ci se sentaient à l'aise pour n'y voir que pure perte de temps et d'argent, pure spoliation des Français de bonne souche, flattant ainsi un électorat dont on vit en retour le pourcentage national grossir rapidement.

Afin de mieux contrer les diatribes de l'extrême droite, mais aussi bien de continuer à camper en terrain connu et bien balisé, il fut entendu que cette appellation de « politique de la ville » recouvrait, de fait, une manière de lire le problème posé par cette jeunesse maghrébine comme s'il relevait d'une question tout à fait classique, répertoriée depuis les temps anciens de la fondation de la République, à savoir la question dite « sociale », question dont elle constituerait une manifestation tardive, aiguë et localisée mais rien d'autre et rien de plus. D'autant que cette lecture avait pour elle un certain nombre de justifications.

D'elle-même, la jeunesse des cités avait baptisé son drame du nom de « galère ». Soit une expression servant spécialement à désigner la part d'errance, de dérive sans véritable emploi, sans logement à soi, sans appuis stables, qui caractérisait l'entrée dans la vie des enfants d'immigrés en particulier mais aussi bien celle de presque tous les jeunes sans qualification et dont les parents se retrouvaient au chômage. Que les immigrés constituent la part principale de ces derniers pouvait apparaître comme le fruit d'un malheureux hasard. Ces immigrés, la France les avait fait venir dans l'après-guerre pour occuper, dans l'industrie et le bâtiment, les emplois sans qualification dont ne voulaient plus les Français de souche. Ils avaient été ainsi les premiers sacrifiés sur l'autel de la désindustrialisation, et leurs enfants privés, en retour, des repères positifs nécessaires pour entrer dans la société.

Le chômage des parents valait menace d'exclusion sociale pour les enfants d'immigrés : une crainte qui valait et vaut toujours, bien sûr, pour tous ceux qui se trouvent dans cette situation, quelle que soit leur origine ethnique, quoique de manière incomparablement plus aiguë pour ceux dont les parents se trouvent coupés de leurs origines, privés des ressources que confèrent l'appui des proches, des semblables, la longue tradition dans la maîtrise de la langue, et une sollicitude plus attentive et plus spontanée des pouvoirs publics.

Mais, comme cette crainte du chômage de masse et de ses conséquences durables se trouvait largement répandue dans toute la société française, la jeunesse des cités passa seulement, si l'on peut dire, pour l'incarnation, sous une forme paroxystique, de l'« exclusion », celle-ci apparaissant comme la forme actualisée de la question sociale d'autrefois. Et comme cette exclusion justifiait le développement de politiques sociales – dont la politique dite « de la ville » – destinées à lutter contre cette forme spécifique de la question sociale, la question des banlieues se trouva intégrée à ces politiques, sans prise en compte de la dimension spécifiquement ethnique qui la caractérisait et la distinguait de tous les problèmes sociaux du passé. De sorte que ces jeunes enfants d'immigrés, qui ne s'étaient guère sentis inclus à la société française, y furent intégrés... au titre d'exclus, au motif, donc, de la culpabilité de la société vis-à-vis des insuffisances du traitement du chômage mais sans mention d'autres motifs, comme précisément leur origine ethnique, qui expliquaient la gravité particulière de leur situation.

Un tel traitement de la question ethnique dans le cadre de la question sociale apparut vite plus rhétorique qu'effectif, comme les émeutes de l'année 1990 vinrent le signifier aux protagonistes de ces politiques, lesquelles furent lestées, pour le coup, de mesures plus consistantes que celles déployées durant les années 80. Après 1991, la philosophie de cette politique changea donc. On se soucia d'agir plus efficacement sur les déficits dont pâtissaient les jeunes du seul fait qu'ils habitaient dans ces quartiers, au sujet desquels on commençait à employer le mot de « relégation ». Mais cette inflexion de la politique n'alla pas jusqu'à changer la lecture du problème autrement que dans les termes autorisés de la question sociale, laquelle aurait été simplement « spatialisée ». À preuve : un ministre de la Ville fut nommé peu après cette épreuve, confirmant ainsi l'euphémisation du problème et l'interprétation de la crise des banlieues selon les termes à peine amendés de la « question sociale » au sens classique de l'expression. Celle-ci désigne, depuis le milieu du XIXe siècle, l'existence d'une contradiction entre la souveraineté politique du plus grand nombre, le « peuple », et l'exploitation de celui-ci sur le plan économique, par une minorité. Pour que vive la République, il avait donc fallu faire du social et seulement du social, mieux protéger les individus au nom de la société, et ainsi mieux défendre celle-ci contre la tentation de l'émeute. On y avait assez bien réussi et seule semblait persister la nécessité d'améliorer cette protection, de l'adapter aux temps nouveaux sans pour autant modifier la ligne de lecture qui lui avait servi de base. Aussi le premier ministre de la Ville reprit-il cette terminologie du social, celle consistant à compenser toutes les catégories de handicap, comme la vieillesse, la maladie ou l'invalidité professionnelle, avec pour seule particularité l'idée que le handicap concernait cette fois des quartiers, les habitants de ceux-ci, qu'il s'agissait donc de compenser le préjudice résultant du fait de loger dans l'une de ces zones défavorisées. Soit le principe d'un handicap spatial venant s'ajouter à tous les autres, dans la lignée de tous les autres.

Quand ont donc commencé à s'installer dans les cités le désespoir et l'autodérision dont témoignent les derniers événements ? Pour répondre à cette question, il serait particulièrement utile de savoir à quel moment le terme de « racaille » a, sinon remplacé, du moins pris « l'avantage » sur celui de « galère ». Le passage de l'un à l'autre de ces deux termes, pourtant si semblables en apparence, va de pair avec un glissement de l'image de soi propre aux membres de cette jeunesse : on passe insensiblement du registre de la complainte plus ou moins lyrique mais qui cherche à toucher les autres à celui du mépris de soi et des autres. Dater une telle substitution est difficile, compte tenu du flou qui entoure la formation des modes en matière lexicale. Mais, quoi qu'il en soit, elle traduit un déplacement de la position de ces jeunes dans la société par rapport à leurs aînés des années 80. Que s'est-il donc passé qui puisse expliquer cette montée de la désespérance ?

Ceci d'abord que, depuis le milieu des années 90, la question sociale classique, « légitime », est réapparue au centre de la société mais en se déconnectant du thème de l'exclusion. Son « retour » va de pair avec une inquiétude qui se porte de plus en plus exclusivement sur la condition salariale *stricto sensu*. Ce n'est plus l'exclusion comme conséquence du chômage qui inquiète, mais la menace croissante sur la protection de l'emploi, dont, au premier chef, les emplois assimilés à la fonction publique, avec les « avantages » ou les « conquêtes » qui leur sont propres, compte tenu de ce que les salariés du privé, trop menacés, manifestèrent leur inquiétude par la procuration, en quelque sorte, de ceux du public. La grève de l'hiver 1995 contre la réforme des retraites a donné le ton. Ces revendications furent bientôt relayées par la dénonciation des délocalisations, laquelle dénonciation atteignit son paroxysme pendant la campagne électorale pour le référendum sur le projet de Constitution européenne. Ces inquiétudes nées des délocalisations furent vite suivies par d'autres, associées à des privatisations réelles ou fantasmées dans le domaine des services (EDF et SNCF). En conséquence de cette résistance aux effets de la mondialisation, on assiste à une montée de l'extrême gauche, dont le discours entre en résonance avec le souci de pure défense par les salariés des avantages acquis de haute lutte dans le passé ; il faut et il suffit de résister à ce qui est compris comme une pure et simple stratégie de revanche du patronat, en se délestant du souci d'assumer le besoin d'une adaptation.

Bref, la question des banlieues, donc de la défaveur particulière dont pâtissaient des minorités ethniques, se retrouva comme secondarisée par rapport à celle de la condition salariale, voire considérée comme une sorte de diversion, compte tenu de l'importance exagérée qui lui aurait été accordée au détriment de la « vraie » question, celle de la condition salariale, celle de la menace sur les emplois jusque-là les mieux protégés.

Il faut noter ensuite que depuis le milieu des années 90, la banlieue est de plus en plus fréquemment réduite à un pur problème de délinquance dont les chiffres se sont accrus très sensiblement. Pour faire simple, disons qu'on voit monter un discours dont l'argument principal est que, dans ces banlieues, beaucoup de gens, y compris des jeunes, s'emploient à accéder à un travail, à réussir leur scolarité, à prendre soin de leur environnement, mais qu'ils se voient bridés dans ces efforts par une minorité qui préfère les bénéfices immédiats des trafics illégaux à ceux, plus lents à venir, de l'inscription dans une vie normale. En conséquence de quoi, il conviendrait surtout de desserrer l'emprise de cette minorité délinquante sur ces quartiers pour que le problème social se trouve, sinon résolu, du moins en meilleure voie de l'être. Ce discours s'autorise, sans difficultés, de l'échec relatif des mesures de prévention prises dans le cadre de la politique dite de la ville. Ces mesures de prévention n'ont pas suffi à enrayer la montée d'une délinquance de plus en plus associée aux trafics illégaux et à une organisation méthodique de ceux qui s'y livrent. Dans un contexte marqué, à partir de 1996, par un retour général de la croissance et de l'emploi, sauf dans les quartiers dits « sensibles », ce discours peut disposer d'une certaine crédibilité. Et puis, il s'y produit certainement un phénomène observé dans tous les « ghettos » : la dégradation de la dimension collective de la recherche de reconnaissance au bénéfice d'un souci purement individualiste d'affirmation de soi à travers les signes extérieurs de la réussite que procure l'argent « facilement » gagné par les trafics. Par suite de cette sensible dégradation du respect de la loi, la crainte de l'insécurité paraît de plus en plus associée aux cités, à ces cités dont se préoccupent officiellement tous les gouvernements, qu'ils soient de droite ou de gauche. Tant de sollicitude, plus déclarée qu'effective au demeurant, provoque l'ire de ceux qui vivent malaisément mais dans le cadre de la loi. Ils trouvent dans le discours de l'extrême droite un écho plus sensible à leur indignation que dans les discours « responsables » des gouvernants. Un écho assez fort en tout cas pour que l'extrême droite l'emporte sur la gauche au premier tour de l'élection présidentielle, en 2002, et que le principe de base de la démocratie, l'alternance gouvernementale, s'en trouve gravement faussé. De sorte que l'on observe deux montées aux extrêmes, à droite *via* la question de l'insécurité civile, à gauche *via* la question de l'insécurité sociale.

Pour comprendre les « nuits de novembre », il est donc nécessaire de les situer au point de croisement de ces deux lignes de transformation qui ont marqué les dix dernières années : d'une part, la question sociale a été ramenée au seul souci de défendre la condition salariale, et ce au détriment de la question de l'exclusion qui avait servi un temps à prendre en compte le problème des minorités ethniques des banlieues ; d'autre part, ces minorités ethniques sont de plus en plus souvent assimilées à une entité dangereuse pour la société et, d'abord, pour les petites classes moyennes qui vivent difficilement mais en respectant la loi. Cette double évolution a totalement modifié la prise en compte de la question des banlieues. L'« exclusion urbaine » est apparue de plus en plus comme synonyme de « réalité criminogène » qu'il convenait, pour la droite, de traiter avec vigueur si elle ne voulait pas perdre encore du terrain face à l'extrême droite et, pour la gauche, de ne plus placer ostensiblement au centre de ses préoccupations sociales. Ces deux dangers qui menaçaient respectivement la droite et la gauche de gouvernement apparurent nettement après la présidentielle de 2002. Ils alimentent un accord tacite entre les deux partis qui consiste à traiter la question des banlieues de telle manière qu'elle ne les handicape ni l'un ni l'autre dans les tâches plus urgentes pour la sauvegarde de leur crédibilité vis-à-vis de leurs électorats respectifs. Car la gauche voulait surtout s'employer à lutter sur le front des délocalisations et des privatisations ; il s'agissait, pour elle, de contenir la surenchère de l'extrême gauche, sur ce terrain devenu hypersensible de la protection de l'emploi. Tandis que, pour la droite, il convenait de ne pas se laisser déborder sur le terrain de la sécurité par une extrême droite non moins menaçante.

Un terrain d'entente apparut entre gauche et droite avec la montée d'une approche urbanistique de la question des banlieues. L'activisme de la droite en matière de sécurité, l'échec relatif de la gauche avec sa prévention sociale, conduisirent en effet l'une et l'autre à adhérer à une lecture « physique » des causes de la délinquance. Démolir les tours et les barres permettait de supprimer les foyers de délinquance qu'elles étaient devenues et de s'engager dans la reconstruction d'immeubles d'habitat social dits « à taille humaine ». L'urbanisme réconciliait enfin, à gauche, le souci de la prévention avec celui de la répression. Tandis qu'à droite le volontarisme en ce domaine urbanistique décomplexait une répression sans fard de la jeunesse délinquante qui résidait dans les cités, si difficile soit-elle à distinguer de celle qui ne l'est pas du tout ou pas tout à fait. Le mot d'ordre d'une répression ferme ne facilite pas le discernement à propos du comportement d'une population qui se sent victime d'une discrimination, tacite dans l'emploi et évidente dans les contrôles policiers. Arriva donc ce qui devait arriver : deux mots malheureux, deux morts et trois semaines d'émeutes dans presque toute la France des banlieues.

La force de ces émeutes, leur mérite « objectif », par-delà toutes les critiques légitimes que l'on peut adresser à leurs auteurs au nom de ceux qui en furent victimes, tient en ceci : elles ont démontré qu'un problème que l'on avait cru sinon résolu, du moins remisé au second plan grâce à un traitement voulu plus vigoureux, n'avait fait que s'accroître. Pour le coup, on peut dire que la nature du diagnostic autant que l'efficacité de la politique conduite jusqu'à présent font sérieusement problème.

Nous voudrions présenter ici une analyse renouvelée de ce diagnostic et de cette politique *de* la ville au cours de son histoire, des origines jusqu'à présent, avant d'esquisser les traits d'une autre politique possible. Cette autre politique, on l'intitulera *pour* la ville dans la mesure où elle prend son point d'inspiration non plus dans le seul souci d'ordre qui a dominé jusqu'à présent, en conformité avec la logique d'État, mais dans les ressorts propres à la ville, dans la mise en valeur et l'exploitation de l'énergie que celle-ci permet de susciter tant au niveau des individus que des communautés de quartier ou de l'entité politique qu'elle constitue potentiellement au plan de l'agglomération. Il existe, en effet, une différence qualitative du raisonnement politique selon qu'il ne connaît que les vertus de l'État et néglige celles de la ville ou bien qu'il s'emploie à redécouvrir les capacités spécifiques de la ville, son esprit et prend le parti d'en déployer les forces au lieu de s'en méfier. Nous affirmons en effet qu'il faut restaurer les capacités d'intégration de la ville : celles-ci consistent non pas à manipuler et à disperser les hommes comme des choses au nom de la mixité sociale, mais à élever la « capacité de pouvoir » des gens sur leur vie, à faciliter leur mobilité dans la ville, à faire de celle-ci une véritable entité politique.

Introduction

En un demi-siècle, la ville est passée du registre de la solution à celui du problème. Durant les années 50 et 60, elle a été le moyen de « la modernisation de la société par l'urbain[1] ». Pour une France restée trop longtemps rurale et provinciale, pour des villes vétustes symboles d'entassement et de nuisance, la construction, à leur périphérie, d'ensembles d'immeubles offrant des logements spacieux, des conditions d'hygiène et de confort toutes nouvelles, et tout cela dans un cadre proche de la nature, apparut comme le remède enfin trouvé aux troubles tant physiques que sociaux ou politiques attribués à l'accroissement des villes. Aussitôt trouvé, il fut administré à une société qui entrait à toute allure dans l'ère de l'industrialisation, de la croissance et du progrès. Tout cela se réalisa sous la houlette d'un État modernisateur, soucieux de substituer les avantages fonctionnels de l'urbain moderne aux tourments sociaux dont la ville ancienne avait été le théâtre.

Mais, très vite, à partir du milieu des années 70, cette vision positive d'une ville enfin modernisée s'est singuliè-

1. Selon l'expression de Thierry Oblet dans *Gouverner la ville. Les voies urbaines de la démocratie moderne*, Paris, PUF, 2005.

rement effritée. Les grands ensembles, incarnation des Trente Glorieuses, sont devenus l'un des principaux soucis des gouvernements. Ils ne permettent plus l'accès au travail ou la stabilité de l'emploi, mais se trouvent bien plutôt associés au chômage, à la précarité, à la pauvreté, à la concentration notamment de minorités ethniques, dont la jeunesse doute d'avoir un avenir et se montre prompte à l'émeute, portée aux trafics illégaux, à la dépendance envers les formules de l'aide sociale. On a réalisé, également, que cette jeunesse des cités pouvait se mettre en quête de son identité propre, par le biais d'un retour ostentatoire au religieux, retour vite perçu comme une insulte à la République par ceux, du moins, qui se trouvaient chargés de leur en enseigner les bienfaits.

Ce rapide basculement dans le négatif de l'image des cités d'habitat social a entraîné une accélération du déversement des classes moyennes habitant ces cités dans les communes rurales de la périphérie. Dans ce territoire dit péri-urbain, on put observer l'émergence d'un nouveau mode de vie, associé à la montée des classes moyennes, appuyé sur le développement de l'habitat pavillonnaire et de l'automobile. Ces « aventuriers du quotidien [2] » furent bientôt rejoints par les anciennes classes moyennes des vieux centres, qui ne pouvaient y suivre l'augmentation du foncier. Dans les centres en question, on voyait s'installer une classe nouvelle, moyenne et/ou supérieure, celle que Robert Reich a appelée « la classe des manipulateurs de symboles » : il s'agit, selon lui, de la classe émergente de la mondialisation,

2. Selon l'expression de Catherine Bidou-Zachariasen dans *Les Aventuriers du quotidien. Essai sur les nouvelles classes moyennes*, Paris, PUF, 1984.

composée des professionnels de la recherche, de la communication, du conseil, de l'enseignement supérieur, lesquels trouvent tous, dans les centres-villes, y compris les anciens quartiers populaires, le bénéfice d'une grande proximité avec leurs lieux d'emplois, mais aussi de plaisir et qui, à la différence de la bourgeoisie classique, ne redoutent pas la présence du peuple, en apprécient même la proximité... Tandis que ce dernier se voit, lui, progressivement appelé à quitter ces lieux si marqués par son empreinte mais devenus impraticables du fait de la hausse des loyers et du foncier, hausse elle-même due à l'attrait pour le centre des *gentrifiers*.

La ville se défait alors, selon trois tendances qui portent ses diverses composantes sociales à s'ignorer. Les minorités et les pauvres subissent un processus de *relégation* dans les cités d'habitat social ; les classes moyennes, petites, intermédiaires et aisées se réfugient dans les communes rurales avoisinantes qui s'urbanisent ainsi et reçoivent l'appellation générique de péri-urbaines (lorsque plus de la moitié de la population de ces communes travaille au dehors de celles-ci, il est difficile de les appeler rurales !). Ce processus de *péri-urbanisation* s'étend régulièrement, selon une logique qui porte les plus pauvres des classes moyennes, puis les retraités, à s'installer toujours plus loin, là où le foncier est le moins cher et/ou la tranquillité plus grande. Les centres sont affectés, eux, par la *gentrification*, cette expression anglaise servant donc à désigner l'investissement des centres anciens par une population cultivée, soucieuse d'un accès privilégié aux avantages de la centralité, que ce soit pour le travail, le plaisir ou l'éducation de leurs enfants.

Voilà le problème posé, selon nous, au départ de la politique de la ville. Soit un problème qui caractérise, certes, de la manière la plus aiguë les cités d'habitat social installées dans les villes ou à leur périphérie immédiate, mais qui concerne aussi bien toute la ville puisqu'il y a interdépendance entre les différentes tendances à la séparation qui l'affectent, tendances dont la relégation n'est que l'une de toutes celles qui défont la ville (Partie I : « La question urbaine, ou l'apparition d'une logique de séparation dans la ville »).

Face à cette question urbaine, une politique a été construite depuis une trentaine d'années : la politique *de* la ville. Elle a évolué durant tout ce temps, aussi bien dans le contenu de son action que par les modalités de celle-ci et le degré d'affirmation de la philosophie qui la porte.

Au début, le cadre d'intervention de la politique *de* la ville se trouvait limité au quartier, aux zones défavorisées en tant que telles. Puis, même si les zones en question restèrent bien la visée principale de l'action, le périmètre de référence de celle-ci alla en s'élargissant jusqu'à englober l'agglomération tout entière. Cette tendance est nettement visible à travers la succession des appellations données aux actions de cette politique *de* la ville. Au départ, on parle de « développement social des quartiers ». Puis on passe aux « contrats de ville », lesquels incorporent progressivement les « grands projets de ville ».

En même temps que le cadre s'élargit, le contenu de l'action change. Il est axé de prime abord sur « les habitants », appellation consacrée pour désigner une population qui n'avait souvent pas d'autre statut, professionnel ou politique : en aucun cas il ne pouvait être question de la désigner par ses particularités ethniques, même et surtout si celles-ci constituaient la dimension la plus « visible » de ce qui la caractérisait ! « Les habitants » sont ainsi l'objet central de la préoccupation de programmes comme celui dit « Habitat et vie sociale », lancé à la fin des années 70, puis, relayé durant les années 80, par le « développement social des quartiers » (DSQ). Le mot de « quartier », tombé en désuétude durant la période de modernisation de la société par l'urbain, au profit de l'appellation de « zone » (ZUP, ZI, ZAC...), reprend du service pour souligner le souci du voisinage, de « l'habitant » donc, et non plus de l'espace technocratiquement découpé par les ingénieurs de l'équipement. À partir du début des années 90, la visée de l'action se déplace progressivement des « gens » vers les « lieux », donc vers le bâti et sa transformation. Il se concentre même de plus en plus sur les opérations de démolition et de reconstruction des immeubles caractéristiques des fameux « grands ensembles » : c'est le mode d'action qui a depuis le début de ce XXIe siècle, les faveurs des gouvernements, avec le thème du « renouvellement urbain », sous la gauche, puis de la « rénovation urbaine » sous la droite.

Cette évolution du contenu de l'action s'opère sous les auspices d'une philosophie explicite, celle de la « mixité sociale ». Cette doctrine a, d'entrée de jeu, la faveur des décideurs politiques. Elle est progressivement considérée comme porteuse du principal, sinon du seul, remède effectif aux maux de l'urbain. Relativement timide au début de la politique de la ville, cette référence à la mixité s'est affirmée au fil du temps, pour acquérir un véritable statut d'évidence au tournant de l'an 2000.

Quant aux formes de l'action, elles ont connu une évolution non moins sensible. Elles ont d'abord été inscrites dans un mécanisme contractuel dans le cadre de la planification entre l'État et les régions – ce qui impliquait donc la coproduction, par l'État et les collectivités locales, des projets de transformation des villes. Puis on a assisté, avec les opérations de rénovation urbaine tout particulièrement, à la naissance d'une formule nouvelle, beaucoup plus « économique », qui accorde aux communes la plus totale autonomie pour la confection de leurs projets. Le but visé consiste à davantage responsabiliser les maires par rapport aux objectifs du gouvernement, en passant par une agence qui n'accorde ses crédits que si lesdits objectifs généraux lui paraissent suffisamment pris en compte. C'est pour cela que fut créée, en 2003, par Jean-Louis Borloo, l'Agence nationale pour la rénovation urbaine (ANRU). Les fonds nécessaires pour l'action sont rassemblés en un seul guichet, auquel s'adressent les communes qui veulent réaliser sur leur territoire des opérations de rénovation urbaine. Voilà donc la réponse qui fut apportée à la « logique de séparation » : une insistance croissante sur le bâti, au nom de la mixité sociale, à proportion d'un renoncement au moins relatif à l'action sur les gens et surtout *avec* les gens (Partie II : « La politique *de* la ville, un traitement des lieux au nom de la mixité sociale par l'action à distance »).

Cette politique ne paraît guère discutable et n'est guère discutée quant à ses principes : dès lors qu'on ne réussit pas à transformer les conditions de vie dans les quartiers dits sensibles par une action de nature essentiellement sociale, pourquoi, en effet, ne pas les changer radicalement afin de mieux intégrer physiquement ces quartiers dans l'espace urbain ? Quelle meilleure philosophie mettre en œuvre que celle de la mixité sociale pour justifier la refonte urbaine dans une société républicaine ennemie des ségrégations et encore plus des « communautarismes » ? Pourquoi, enfin, ne pas préférer une formule d'action à distance sur le local qui fait jouer la pleine responsabilité des élus locaux et s'avère plus rapide (car plus économique en procédures) que la classique formule contractuelle, très compliquée du fait qu'elle engage une multiplicité de partenaires ?

Le scepticisme s'impose pourtant lorsqu'on examine les résultats de cette politique par rapport à ses objectifs déclarés. Plus on parle de mixité sociale, moins elle paraît se réaliser dans les quartiers cibles de la politique de la ville, ainsi d'ailleurs que dans l'ensemble de la ville. Les opérations de démolition / rénovation conviennent à beaucoup d'élus qui y voient le moyen de satisfaire leur électorat ou de le modifier de manière satisfaisante à leurs yeux, en remodelant la composition sociale du peuplement de leur commune. La pratique de rénovation urbaine satisfait de même les bailleurs sociaux car elle leur permet de se débarrasser des immeubles non rentables et mal entretenus. Mais elle suscite beaucoup plus de résistance que d'adhésion de la part des habitants des quartiers en question. La formule du « gouvernement à distance » donne toute satisfaction à ces acteurs locaux que sont les élus et les bailleurs, maîtres du jeu et soucieux de leurs intérêts professionnels pour les uns, électoraux pour les autres. Mais elle n'établit pas de solidarité effective au niveau de la ville réelle, au niveau de l'agglomération qui la constitue.

Pourquoi une telle faiblesse des résultats ? Parce que la politique dite *de* la ville repose implicitement sur l'idée qu'il existe une ville idéale dont il faut rétablir les traits en résorbant les anomalies qui font tache ici ou là. Il s'agit d'une lecture statique de la ville, au sens strict d'une vision étatique, à savoir la pure projection d'une rêverie d'État en vue d'un territoire homogénéisé sous son autorité. On passe ainsi à côté de la compréhension de ce qui fait la spécificité de la ville, de sa diversité, de sa dynamique. On joue au démiurge, on rêve de réinventer la cité idéale, de façonner l'urbain tel qu'il devrait être, sans s'occuper de la Ville telle qu'elle fonctionne, telle qu'elle réussit à produire, pour ceux qui y vivent, plus ou moins de chances d'avancer dans leur vie, de se sentir bien ici et néanmoins capables d'aller là-bas quand le moment sera venu. La ville est en effet cette drôle de machine qui offre à chacun les clefs du monde s'il sait s'en servir, et qui au contraire l'enlise, ou aggrave sa situation, si cela ne « marche pas ». Mieux vaudrait donc envisager une politique *pour* la ville, qui s'emploierait à restituer les mécanismes de celle-ci, ses attraits, tout ce qui, en elle, permet de coupler le retrait et le mouvement, le bas et le haut, tout ce qui ouvre au monde – et non une carte postale du territoire français.

La mixité, oui, mais pas la mixité imposée, pas la « mixité sociale à l'envers » qui bloque les uns et les autres, les favorisés et les défavorisés, qui les dresse les uns contre les autres ou, plus souvent, les porte à s'ignorer. Plutôt que cette mixité imposée, il faut favoriser une mixité associée au mouvement, celle qui résulte de la facilitation de la mobilité.

La rénovation urbaine, oui, mais pas au prix d'une dispersion subie par les habitants pour libérer de l'espace constructible pour des logements de rapport. La rénovation devrait être plutôt mise à profit pour élever la « capacité de pouvoir » des habitants d'un quartier sur eux-mêmes, dans la ville et dans leur vie.

Le gouvernement à distance, oui, à condition qu'il n'amène pas les communes à s'organiser en clubs de riches ou de pauvres, mais à recomposer la ville. Il faut que l'intercommunalité soit l'occasion de faire de celle-ci un maillon fort de la démocratie politique et non une technique d'assemblage des communes selon un intérêt à courte vue ou par la simple application d'une logique de similitude qui rassure en étendant un peu plus la logique de l'entre-soi, en « défaisant » un peu plus la ville.

Voilà donc autant de directions pour « refaire la ville » (Partie III : « Une politique *pour* la ville, qui facilite la mobilité, élève la capacité de pouvoir des habitants et unifie la ville »)

I

La question urbaine

ou l'apparition d'une logique de séparation dans la ville

Question sociale ou urbaine ?

Les violences émeutières, la délinquance organisée sous la forme de trafics illégaux, un taux de chômage deux à trois fois plus élevé que la moyenne nationale, un recours dans les mêmes proportions aux diverses formes d'assistance sociale, tels sont les traits « classiques » de la question urbaine telle qu'elle est apparue voici un quart de siècle en France. Apparue ou réapparue ? se demandera-t-on. Car on trouvait des phénomènes similaires, sous une forme d'ailleurs beaucoup plus aiguë, au XIXe siècle, au début de l'industrialisation de la société, quand les pauvres arrivaient en ville et y rencontraient plus souvent la suspicion et le rejet que le travail espéré. N'est-ce pas, d'une certaine manière, le même phénomène qui se produit à présent, avec une population venue de beaucoup plus loin, des confins d'un ancien empire colonial ?

Au XIXe siècle, cette violence collective avait pour nom « question sociale ». Et c'était bien la société tout entière – son organisation, l'injustice des rapports sociaux, l'absence de solidarité... – qui se trouvait mise en question. À présent, à propos des violences des banlieues, certains parlent d'un retour de la question sociale, sous une autre forme certes, mais dont la signification serait identique[1]. D'autres, dont nous-mêmes, préfèrent parler de question urbaine, donc d'une mise en cause de la ville, des tendances qui inspirent sa configuration et les transformations de celle-ci[2].

Parler de « question urbaine » plutôt que de question sociale, est-ce une simple affaire de convention de langage pour désigner un même problème ? Oui et non. Oui, au sens où il n'y a pas de question urbaine qui ne soit aussi la traduction d'un problème social. Non, si l'on considère que l'ordre d'enchaînement entre ces deux registres est sans importance, que l'urbain n'est qu'un reflet du social, une simple transposition des problèmes sociaux dans un espace. Faire comme si l'urbain n'était qu'un paramètre secondaire dans l'expression d'une question sociale pour l'essentiel inchangée revient en l'occurrence à refuser l'idée qu'un problème inédit surgit avec la « question des banlieues ». Nous serions censés vivre toujours le même problème : celui de la conflictualité des rapports sociaux de production, de l'insuffisante protection des classes laborieuses. Il y aurait recours à la violence seulement parce que la protection chèrement acquise depuis le siècle dernier a baissé de niveau. Il n'y aurait de solution que par une amélioration de cette protection, une adaptation de ses formes aux nouveaux défis qu'elle rencontre. Mais l'urbain ne serait

1. L'ouvrage le plus notoire parmi ceux qui défendent cette position est celui de Robert Castel, *Les Métamorphoses de la question sociale. Une chronique du salariat*, Paris, Fayard, 1995 ; Gallimard, coll. « Folio Essais », 1999.

2. Citons ici le numéro spécial de la revue *Esprit* intitulé « La ville à trois vitesses », mars-avril 2004, et Jacques Donzelot (avec Catherine Mevel et Anne Wyvekens), *Faire société. La politique de la ville aux États-Unis et en France*, Paris, Le Seuil, 2003.

pas en question, si ce n'est sous la forme d'une spatialisation circonstancielle de la question sociale. Voir au contraire dans la dimension urbaine de la question des banlieues un élément essentiel conduit à s'interroger sur les motifs qui conduisent une partie de la ville à concentrer toutes les difficultés sociales, sur la nature des relations que cette partie entretient avec les autres et les moyens de remédier à la dislocation de la ville qui se produit du fait de ces relations.

Tout, dans cette affaire de définition de la question des banlieues, dépend de la relation entre le contenant – urbain – et le contenu – social. Car cette relation n'est pas univoque ni stable. Autant au XIXe siècle la ville joue le rôle d'un réceptacle, certes central mais limité spatialement, des contradictions de la société, confrontant riches et pauvres dans son espace encore étroit et relativement fermé, facilitant ainsi la conflictualité, les émeutes et les remises en cause du pouvoir politique, autant aujourd'hui la ville a absorbé toute la société mais a vu du même coup sa forme se modifier en raison de l'insécurité relative que les uns éprouvent au contact des autres, suscitant l'émergence d'une logique de séparation qui porte les plus aisés à fuir les plus démunis et, ce faisant, à aggraver la situation de ces derniers. Entre les deux qualifications, sociale et/ou urbaine, de la question des banlieues, on aura compris que nous proposons de choisir la seconde. Expliquer les raisons de ce choix exige toutefois de faire – brièvement – retour sur le passé, sur l'émergence de la question sociale au XIXe siècle, sur les solutions qui lui furent apportées et sur la manière dont celles-ci se trouvent mises en cause par l'évolution de la société urbaine.

La ville du XIXe siècle : une mise en scène du drame social

Si l'on parle de question sociale plutôt que de question urbaine au XIXe siècle, c'est que la ville est apparue alors comme le cadre, l'enveloppe seulement pour ainsi dire, d'un problème la dépassant de beaucoup et menaçant de la détruire. Car la ville telle qu'elle se constitua à l'époque médiévale valait comme un espace libéré des servitudes féodales et protégé de l'insécurité qui régnait dans les campagnes par l'épaisseur de ses murailles. D'une certaine manière, la ville se situait alors en dehors de la société. Cette extra-territorialité de la ville vis-à-vis de la juridiction seigneuriale comme le retrait protecteur qu'elle offrait, par ses murailles, à ses habitants lui permettaient d'accumuler des richesses par l'artisanat et surtout le commerce, richesses dont le système féodal et surtout la royauté pouvaient tirer bénéfice en contrepartie de la liberté accordée.

Mais, en raison de ses effets induits sur la société, cette faculté d'enrichissement devint tout autant une source de difficultés pour la ville. Car très vite, la richesse attira les pauvres des campagnes proches et lointaines. Et comme ces pauvres augmentaient du fait de l'appropriation des terres par les habitants riches des villes, soucieux d'en extraire une rente, fût-ce au détriment de ceux qui les occupaient, la ville devint progressivement l'espace central de la société, celui où se concentrait la souffrance sociale, celui où elle s'exprimait de toutes les manières possibles, individuelles par le crime, collectives par la protestation, la révolte, l'émeute, puis l'insurrection.

Cadre propice à l'expression de la question sociale, la

ville devient donc au XIXe siècle le contraire de ce qu'elle représentait au Moyen Âge. D'espace sécurisé par l'épaisseur de ses murailles, elle se transforma en une gigantesque « scène du crime ». En raison des allées et venues continuelles de part et d'autre de ses enceintes, le développement des faubourgs avait progressivement annihilé l'efficacité de ses murailles. Par sa richesse, la ville devenait une proie facile pour des malfaiteurs qui trouvaient dans les faubourgs un refuge d'autant plus pratique que le territoire d'action de la police urbaine s'arrêtait à ses portes[3]. Les faubourgs constituaient un territoire aussi peu surveillé qu'entretenu, offrant l'image d'un désordre total, justifiant l'effroi des bourgeois qui se disaient encerclés par la gente criminelle comme la civilisation romaine avait pu l'être par les barbares[4]. Pour cette même raison, la ville perdait sa faculté d'incarner la liberté, l'affranchissement. Les pauvres qui s'y déversaient découvraient la richesse qui y était concentrée et mesuraient l'injustice de leur condition. Ils prirent de plus en plus à témoin les bourgeois des villes de l'injustice de leur sort et s'attaquèrent violemment aux représentants de la « bonne » société.

« Scène du crime », « théâtre de l'injustice sociale » : la ville n'était plus que cela, un lieu propice à la violence individuelle, à l'affrontement collectif, au déchaînement du conflit, à raison de la condensation qui s'opérait, en son sein comme à ses abords, de toute la misère de la société, à cause du contact permanent de la pauvreté avec la plus grande richesse.

3. Cf. John M. Merriman, *Aux marges de la ville. Faubourgs et banlieues en France (1815-1870)*, Paris, Le Seuil, coll. « L'Univers historique », 1994.

4. Cf. Louis Chevalier, *Classes laborieuses et classes dangereuses à Paris pendant la première moitié du XIXe siècle*, Paris, Hachette, 1984.

Entendue comme cette conflictualité, cette propension à l'affrontement, la question sociale constitue la source principale du mal qui mine la société, car elle dresse ses composantes les unes contre les autres et la rend ingouvernable. Par rapport au « social », la question urbaine paraît évidemment seconde. Bien sûr, la conformation de la ville, la manière dont elle se prête à cette disposition conflictuelle, fait partie de la question sociale, mais exactement comme une digue submergée par la pression d'un flot tumultueux révèle la faiblesse du rempart qu'elle offrait. Mieux : si la ville a engendré l'accroissement de la richesse bourgeoise et celle-ci l'appauvrissement des campagnes, on peut dire que la ville subit les conséquences d'un processus dont elle a été l'instrument et qui bientôt la dépasse. Ce sont les ravages sociaux et politiques exercés par ce processus qui requièrent l'attention première bien plus que l'état de la digue. Ce sont ces débordements qu'il faut réduire avant de se demander comment refaire la digue. Même si l'on sait d'entrée de jeu qu'elle ne pourra plus être du même type, et surtout que sa conception sera subordonnée à la manière dont on aura rétabli les relations entre les parties portées à s'affronter.

Repousser simplement l'assaillant, comme Haussmann le fit sous Napoléon III, en l'exilant aux frontières d'une ville reconstruite, conçue spécialement pour lutter contre ses assauts déchaînés, ne sert pas durablement. Le soulèvement qui suivit, avec la Commune, ne s'intitula pas pour rien « la revanche des exilés ». Voilà pourquoi la question sociale occupe en priorité les esprits des gouvernements à la fin de ce XIXe siècle marqué par les émeutes et les révolutions. Comment remédier à la conflictualité sociale ? Comment enrayer la criminalité sociale ? Ces deux questions passent avant celle de repenser la ville. L'engagement d'une action véritable dans ce domaine urbain ne pouvait avoir lieu qu'après la mise en œuvre de politiques de résolution de la question sociale sous son double aspect de conflictualité et de criminalité. Le souci de la ville apparaîtra d'ailleurs comme une sorte de couronnement de ces politiques, comme une manière de consolider leurs réponses en les réunissant dans une même forme urbaine après la Seconde Guerre mondiale.

Les deux faces du social : la protection des individus et la défense de la société

L'insécurité sociale constitue à l'évidence le premier et le plus important des deux versants de la question sociale. Comment éviter que les pauvres ne s'entassent dans la ville à la recherche d'un emploi et, plus encore, dans l'espérance d'une assistance lorsque l'emploi vient à manquer là où ils vivent ? En garantissant leur emploi ou bien, à l'inverse, en réduisant l'assistance ? Chacune de ces deux formules a été expérimentée, d'une certaine manière, avec la Seconde République française, en 1848. Celle-ci a en effet proclamé d'abord le droit au travail, puis l'a supprimé trois mois après, quand il apparut que les demandeurs d'emploi auprès des ateliers nationaux, nouvellement créés et totalement subventionnés par l'impôt, se multipliaient à une vitesse insoutenable et que, pour le coup, le droit au travail devenait le support d'une forme d'assistance sans limites.

Le résultat de cette oscillation entre les deux formules, le droit au travail qui devient une forme d'assistance puis la suppression de l'assistance avec la fermeture des ateliers nationaux, occasionna la plus grande guerre civile que la France ait connue depuis les guerres de religion. Pour le coup, les partisans de la République se trouvèrent placés devant un double défi. Il leur fallait, d'une part, conjurer le danger du socialisme d'État, qui paraissait la conséquence du droit au travail, mais aussi, d'autre part, celui du coût imprévisible de la charité légale, comme on nommait alors l'assistance par les ressources de l'État. De ce défi naquit une troisième formule, qui n'était ni le travail subventionné ni l'assistance illimitée et qui s'imposa à la fin du XIXe siècle, sur le plan théorique tout au moins, celle de la *protection sociale de l'individu*.

Cette formule résulte de l'application de la technique assurantielle aux problèmes des travailleurs. Tous cotisent pour que chacun trouve une indemnité, un substitut de salaire, dans les cas où l'accident, la maladie, la vieillesse, empêcheraient l'un d'entre eux de travailler. L'avantage de cette formule découlait de sa capacité à dédramatiser les occasions de conflit que représentait chacune de ces difficultés. Elle permettait en effet de considérer lesdites difficultés comme des aléas et non des injustices, des aléas dont l'apparition pouvait faire l'objet d'un calcul de probabilités, dont la prise en compte par avance permettait d'établir le montant forfaitaire d'indemnisation auquel chaque préjudice subi ouvrait droit.

Outre cette pacification des relations de travail, la protection présentait l'avantage de libérer en quelque sorte l'économique de la question du pouvoir. Elle permettait au patron d'organiser, en principe du moins, le travail autour du seul souci du rendement à travers l'organisation des tâches. Elle autorisait également l'établissement d'une relation entre le patron et l'employé centrée sur le seul enjeu du pouvoir d'achat, sur l'accroissement nécessaire de celui-ci pour lancer une production de masse. Ainsi la promotion de la protection sociale alla de pair avec le développement des grandes manufactures et le déversement, dans celles-ci, des pauvres qui affluaient vers les villes. Ils y trouvaient l'emploi qu'ils étaient venus chercher, et la guerre civile pouvait faire place aux revendications syndicales d'amélioration du pouvoir d'achat et de réduction du temps de travail.

Face à l'insécurité civile, à la criminalité si l'on préfère, le principe mis en œuvre paraît l'opposé exact de celui que l'on avait conçu pour remédier à l'insécurité sociale. Au lieu d'une protection de l'individu contre les périls que la société de production lui faisait encourir au cours de son existence, l'idée qui l'emporta fut celle d'une *défense de la société contre l'individu*. C'est, en l'occurrence, l'idée qu'il faut protéger la société contre les dangers auxquels celui-ci exposait celle-là à cause de sa propension plus ou moins manifeste au crime, du fait aussi des pathologies dont il était porteur et qu'il pouvait communiquer aux autres : les maladies sexuellement transmissibles, les maladies dégénératives ou, pire, leur synthèse sous la forme, obsédante en ce début du XXe siècle, de la fameuse « dégénérescence hérédosyphilitique ». Contre tous ces périls *sociaux* (en fait sanitaires et sociaux) que véhicule l'individu dangereux, la défense de la société exige qu'on le mette à l'écart préventivement afin de réduire sa nuisance et, si possible, de le traiter.

Comment dépister le criminel avant qu'il ne soit passé à l'acte ? En repérant les signes qui l'y prédisposent. Les signes morphologiques d'abord, avec la théorie du « criminel-né» de Lombroso[5] et la «sociologie criminelle» d'Enrico Ferri, qui permettent d'identifier les traits et les comportements associés à une dégénérescence, le contexte social aussi et surtout, qui fait que ce potentiel négatif échappe à tout contrôle. De cette identification de la prédélinquance naîtra la justice pour enfants, qui permettra de soustraire à leurs familles les mineurs en danger de devenir dangereux, pour les mettre à l'écart et les rééduquer. D'une autre manière, la récidive justifiera l'invention de l'assignation du criminel à résidence, loin des lieux de ses méfaits possibles. Le même schéma d'identification et de mise à l'écart jouera pour les maladies contagieuses, avec le dépistage scolaire et prénuptial, ou encore les sanatoriums[6].

Le logement social : une synthèse de la protection des individus et de la défense de la société

Ces deux mouvements, en sens inverse l'un de l'autre, que sont la protection sociale de l'individu, d'une part, et la défense de la société contre les risques que l'individu lui fait encourir, d'autre part, représentent les deux faces du social : l'une est de protection statutaire, l'autre de contrôle normalisateur. De l'unité foncière de ces deux programmes, c'est le logement social qui va fournir la première et principale illustration. Grâce à l'urbanisme fonctionnel et hygiénique associé au fordisme, il constitue en effet un moyen

5. Cesare Lombroso, *L'Homme criminel*, Turin, 1875 ; Enrico Ferri, *La Sociologie criminelle*, Paris, 1893.
6. Cf. Patrice Bourdelais (dir.), *Les Hygiénistes. Enjeux, modèles et pratiques*, Paris-Berlin 2001.

parfait pour réunir les deux lignes de résolution de la question sociale, et plus encore, le principe d'un dépassement de la ville historique et des tourments que l'industrialisation lui infligeait.

Car il y avait bien une contradiction de principe entre l'orientation de la protection sociale qui accroissait les droits de l'individu, donc sa liberté, en incriminant la société dans son ensemble pour les préjudices qu'il encourait, et celle de la défense sociale, qui limitait cette même liberté de l'individu avec des normes restrictives, au nom de la prévention des dangers dont il pouvait se trouver porteur. Mais cette contradiction n'en était une que d'un point de vue statique, elle n'existait que si l'on ne prenait pas en compte les effets bénéfiques que ces deux modalités de règlement de la question sociale représentaient l'une pour l'autre dans la durée. Car, en les considérant sous l'aspect de leur interaction, on voit aisément leur complémentarité. L'accroissement de la protection sociale ne pouvait qu'améliorer le bien-être des familles, donc diminuer le risque d'exposition de leurs membres aux crimes et aux maladies. De même, le dépistage et le contrôle des individus à risque induisaient une normalisation des comportements, une meilleure adaptation au travail, l'acceptation donc par l'ouvrier de la docilité requise contre la protection qui lui était offerte en échange.

Le logement social représente un symbole de ce bénéfice mutuel que s'apportent la protection sociale de l'individu et la défense de la société contre les dangers véhiculés par l'individu. D'un côté en effet, il participe du droit social. Tout comme la protection sociale avait autorisé une autonomisation de l'économique, une libération du rendement et de la production de masse dans les grandes manufactures, le logement social allait permettre que ceux-ci disposent d'un espace confortable pour leur vie familiale, les arrachant au provisoire des garnis en les faisant bénéficier d'un logement stable. Leur stabilité au travail se trouvait garantie par le souci même de jouir de ce logement associé à l'emploi valant presque comme un droit afférent à celui-ci. D'un autre côté, le logement social participait du contrôle social au nom de la défense de la société. Il incorporait les normes préventives en matière d'hygiène, progressivement élaborées de façon à assurer une densité optimale, un volume d'air et une ventilation, un éclairage naturel, propres à contenir les maladies contagieuses. Or les mêmes normes vont être édictées à propos de la criminalité. L'un des pères fondateurs du logement social moderne, Henri Sellier[7], ministre socialiste du Front populaire, s'est employé à calculer le rapport entre criminalité, densité et luminosité du logement. Il voulait que, par le double effet de la disposition d'un espace confortable pour la vie familiale et de la normalisation hygiénique de cet espace, « le logement social devienne le tombeau de l'émeute ».

Le grand ensemble : une anti-ville

« Moderniser la société par l'urbain » : on ne peut guère, en effet, trouver meilleure expression que celle de Thierry Oblet[8] pour caractériser la politique de construction des « grands ensembles » qui s'étend du début des années 50

7. Cf. Katherine Burlen (dir.), *La Banlieue Oasis. Henri Sellier et les cités jardins 1900-1940*, Saint-Denis, Presses universitaires de Vincennes, 1987.

8. Thierry Oblet, *Gouverner la ville*, *op. cit.*

jusqu'au milieu des années 70. Au sortir de la Seconde Guerre mondiale, durant laquelle les villes ont souffert de destruction massive, l'occasion se présente, en effet, de réaliser une structure urbaine alternative à la ville historique. D'autant plus qu'à ce besoin de reconstruire s'ajoute celui de construire, pour répondre à cet autre problème que pose, en matière de logement, un double phénomène : l'exode rural et le baby boom, dans le contexte de l'industrialisation massive qui a suivi la Seconde Guerre mondiale.

La ville historique ne peut accueillir toute cette population, non seulement du fait des destructions dues à la guerre, mais surtout parce qu'elle n'est pas vraiment conçue pour le logement. Celui-ci a toujours eu, par définition, une place secondaire dans la ville historique, qui se définit d'abord par ses grands équipements administratifs, religieux, hospitaliers, ainsi que par sa fonction commerciale. Tous ces équipements incarnent la ville par leur position centrale, leur conformation monumentale, le prestige qui leur est associé. Le logement est secondaire par rapport à ces fonctions. Il se niche entre les monuments en question, et se trouve ainsi contraint à la densité qui, du même coup, condamne souvent ses habitants – les plus pauvres surtout – à manquer d'air et de lumière, mais sans épargner pour autant les couches moyennes. Conçu de surcroît en fonction directe de la richesse ou de la pauvreté des habitants, le logement étale outrageusement l'aisance des uns et laisse deviner la misère des autres.

Le « grand ensemble » se veut l'exact opposé de la ville historique pour ce qui concerne l'insalubrité des lieux et l'ostentation des inégalités. Avec lui, ce n'est plus l'équipement « monumental » qui vient en premier mais le logement. Mieux : le logement lui-même acquiert un caractère monumental, avec les grandes tours, les gigantesques barres qui se construisent à la périphérie des villes, signalant, à leurs portes, qu'elles sont précisément entrées dans la modernité. Le monumental ne disparaît donc pas mais se déplace, passant en quelque sorte des attributs du pouvoir vers ces formes modernes d'habitat attribuées au peuple laborieux. C'est cet habitat qui se trouve comme sacralisé dans l'anti-ville des constructeurs de grands ensembles, érigé en monuments. Les équipements suivent, plus ou moins vite. Mais ils n'attirent plus le regard, du fait de leur banalisation, à tel point qu'il faut mettre en place une signalétique destinée à indiquer leur localisation dans un ensemble dont ils ne se distinguent précisément plus guère.

Le logement constitue ainsi la principale fonction autour de laquelle se redéfinit la ville, ou plutôt l'anti-ville que sont les grands ensembles. Il donne le ton à ses autres fonctions. Les « zones à urbaniser en priorité » (ZUP) appellent en écho les zones industrielles et les zones commerciales ; seule la cité administrative reste dans le centre ancien. Par la formule du « grand ensemble », le logement trouve également un ton égalitaire, « égalitariste » même. Les habitations à loyer modéré (HLM) ne sont pas destinées aux pauvres, mais à tous les salariés, « de l'OS à l'ingénieur » selon la formule consacrée. Elles sont conçues pour l'« homme moyen », accordant à chacun sa part de soleil par une savante disposition des ouvertures de chaque appartement[9]. Aussi bien ce confort, cette hygiène des logements dans les grands ensembles les rendent-ils attractifs non seulement pour les ouvriers et les employés mais également

9. Cf. à cet égard l'ouvrage de Jean Patrick Fortin, *Les Grands Ensembles*, PUCA Éditions, 1999.

pour nombre de familles aisées qui ne trouvent pas alors, dans la ville ancienne, ces avantages de la modernité.

L'urbanisme fonctionnel des années 50 et 60 vient de la sorte couronner la résolution de la question sociale en construisant une ville selon un schéma opposé à la ville massive du XIXe siècle, qui était romantique, certes, mais portait au conflit, à la délinquance, qui autorisait les nuisances et favorisait les épidémies. C'est bien une « anti-ville » qui apparaît avec le grand ensemble, tant celui-ci prend le contre-pied de tout ce qui a fait la ville jusqu'alors, une ville qui prétend « faire société » cette fois par la seule efficacité de sa conception architecturale, et non par l'invention du citadin. Avec le grand ensemble, c'est bien l'architecte-urbaniste qui fait tenir ensemble les habitants. Mais en érigeant ainsi l'urbanisme en clé de voûte de l'organisation moderne de la société, cette anti-ville expose du même coup l'urbain à se trouver mis en question par tout ce qui désorganisera cet agencement, tout ce qui, dans la société, remettra en cause cette prétention. *C'est parce que l'on a fait de l'urbain moderne le moyen de mettre en place et en ordre une société délestée, enfin, de sa dramaticité que toute ligne de désagrégation de la société révélera une faillite de l'urbain, du moins sa remise en question, et autorisera à parler de question urbaine plutôt que de question sociale.*

Cette question urbaine va surgir à partir des années 70, avec la transformation de nombre de grands ensembles en cités de relégation des pauvres et surtout des « minorités visibles[10] », mais aussi avec un étalement urbain qui enva-

10. L'expression « minorités visibles », d'origine canadienne, a été reprise par Laurence Méhaignerie et Yazid Sabeg dans leur ouvrage, *Les Oubliés de l'égalité des chances*, publié par l'Institut Montaigne en 2004.

hit les communes rurales même les plus reculées. Tandis que l'on voit se dissoudre les contours de la ville, tandis que son centre subit un processus de « gentrification » de ses quartiers populaires. Cette fois, la ville se trouve mise en question dans sa composition, sa conception, plus qu'elle n'est le réceptacle d'une question qui la dépasse, comme au XIXe siècle. Et sa prétention à moderniser la société disparaît en même temps qu'elle se défait, non pas pour renouer avec le conflit au cœur de la ville, mais parce que surgit un nouveau problème : celui de la séparation urbaine. Et s'il y a de la violence, elle sera seconde, déterminée par cette séparation et par la proximité des parties. Il n'y a plus tant un problème social dans la ville qu'un problème de la ville quant à sa capacité à « faire société » du fait des tensions entre ces diverses tendances que sont la relégation, la périurbanisation et la gentrification [11].

La relégation

Les grands ensembles, figure majeure de « la modernisation de la société par l'urbain » dans les années 60, deviennent, quelques décennies plus tard, le symbole de la crise urbaine. Après avoir incarné le confort, la modernité, le rêve paradisiaque de la ville à la campagne pour nombre d'urbains, ils représentent plutôt l'enfer, en tout cas l'enfermement, dans des espaces où la proximité des autres est

11. Sur ce triptyque, voir le numéro spécial d'*Esprit* intitulé « La ville à trois vitesses », *op. cit.*, où l'on a tenté de produire une première formulation politique de la question urbaine contemporaine considérée non seulement du point de vue des quartiers de relégation, mais de l'ensemble de l'espace urbain, à travers la logique de séparation qui s'y manifeste.

vécue comme une nuisance, où les dégradations engagent et gagnent le plus souvent une course de vitesse avec les réhabilitations. Pourquoi une telle évolution ?

Par l'effet d'abord de la modification qui affecte peu à peu la composition sociale du peuplement de ces cités. Les classes moyennes les quittent, « s'en évadent », les « désertent » selon les expressions plus ou moins réprobatrices des sociologues de l'époque. Elles ont vécu le passage par la case « grand ensemble » comme une première manière de goûter au confort moderne, en acceptant les contraintes de l'habitat collectif. Mais, dès les années 70, elles s'offrent le même confort en préférant payer le prix de l'habitat individuel pour se délester de ces contraintes collectives, suivies d'ailleurs en cela par la partie des couches populaires qui a pu épargner et se lancer à son tour dans le rêve pavillonnaire. Pour remplir la vacance produite par ces départs, les offices HLM accueillent les familles plus pauvres, surtout lorsque l'aide à la personne (allocation logement) vient, en 1977, remplacer en grande partie l'aide à la pierre dans le financement du logement social et garantir aux bailleurs le paiement du loyer. Quitte à laisser pendante la question des charges croissantes de l'entretien qu'une population appauvrie ne sera pas en mesure de financer.

Parmi ces familles pauvres figurent en nombre croissant les familles immigrées, surtout lorsque l'autorisation du regroupement familial, en 1993, vient grossir leur flux. Et plus les familles de ces « minorités visibles » prennent place dans les cités, plus les familles françaises de souche cherchent à les quitter, afin d'éviter les frictions résultant de cette proximité qu'ils vivent comme dévalorisante pour eux. On commence à parler systématiquement de ces cités comme des lieux de *relégation*. Pourquoi une telle expression ? Elle a été utilisée pour la première fois, en France, et à leur propos, dans le rapport Dubedout de 1983. Mais c'est Jean-Marie Delarue qui le popularise en en faisant le titre d'un célèbre rapport sur « les zones urbaines défavorisées » que sont devenus nombre de ces grands ensembles[12]. Cette expression souligne bien la quasi-assignation à résidence de la population qui y habite, son incapacité à obtenir un logement dans le privé ou même dans une meilleure partie du parc HLM, car les bailleurs préfèrent logiquement regrouper les locataires à problèmes et les minorités visibles dans les cités les plus excentrées ou les plus enclavées, de façon à préserver l'attractivité du reste de leur parc. Les habitants de ces cités défavorisées sont donc condamnés à rester entre eux, à vivre cette situation sur le mode d'un *entre-soi contraint*.

Ce caractère *contraint* explique les traits les plus marquants par lesquels se donne à voir la vie sociale de ces quartiers : une tendance des jeunes à s'approprier les territoires où l'on est confiné, à y occuper les espaces communs comme pour signifier une mainmise sur eux à défaut de partager vraiment ceux de tout le monde, une propension à s'y tenir immobiles de manière ostentatoire, à gêner le mouvement dans les halls d'immeubles, dans tous les lieux destinés à la circulation (comme les stations de métro), une méfiance envers toute incitation à l'effort par crainte d'une duperie, d'un non-retour pour soi de l'investissement demandé par les institutions, l'école, les centres d'aide à l'emploi qui paraissent des leurres à ceux qui se trouvent confrontés au bénéfice souvent dérisoire de ces démarches

12. Jean-Marie Delarue, *Banlieues en difficultés. La relégation*, rapport au ministre, Paris, Syros, 1991.

pour ceux de leurs proches qui s'y sont adonnés avec le maximum de sincérité.

La péri-urbanisation

Tous ces traits négatifs des grands ensembles ont alimenté, s'il en était besoin, la seconde ligne de transformation de l'urbanité moderne des années 60, à savoir la péri-urbanisation, qui apparaît à tous égards comme l'opposé, terme à terme, de cette relégation. La péri-urbanisation naît sous la poussée de ceux qui fuient les grands ensembles à partir des années 70 : ils sont à la recherche d'un rêve de logement individuel associé à la nature, d'une formule de voisinage qui ne serait plus synonyme de contraintes mais relèverait plutôt d'un *entre-soi protecteur*. Protection dans le souci de la propriété et de la sécurité, de celle des enfants surtout, à la faveur des rues en boucle au creux desquelles se logent les pavillons : l'espace commun devient ainsi le prolongement des espaces privés (alors que ces derniers servaient de refuge par rapport aux dangers de l'espace commun dans les quartiers de relégation). À la différence encore des grands ensembles, ce n'est plus une immobilité volontaire qui frappe dans le péri-urbain mais plutôt la mobilité contrainte : en effet, l'accès au travail, à l'école, aux loisirs, exige d'avoir à disposition plusieurs véhicules, une accoutumance à des déplacements fréquents, souvent longs. Mais cette contrainte constitue le prix à payer pour disposer de l'accès à une meilleure école, à un meilleur collège surtout, où l'on ne retrouvera pas les nuisances et le découragement ostensible qui imprègnent les établissements scolaires des cités de relégation.

La gentrification

Le péri-urbain est né du rêve d'une alternative aux grands ensembles par ceux qui avaient les moyens de les fuir. Il se poursuit de plus en plus à la faveur, si l'on peut dire, de l'incapacité où se trouvent les classes populaires et les petites classes moyennes des centres-villes de s'y maintenir, du moins lorsqu'elles fondent une famille et que le besoin d'un logement plus spacieux se fait sentir : à ce moment, l'élévation rapide du prix du foncier ne leur donne plus accès à un logement sur place. Ils partent alors et se trouvent vite remplacés dans ces quartiers populaires des vieux centres par une population plus aisée, attirée par le processus de *gentrification* qui constitue la troisième ligne de transformation de l'urbain. Elle est la plus récente puisqu'elle ne prend vraiment consistance, en France, que depuis le milieu des années 90.

Cette tendance de la ville est, pour l'heure, la moins affirmée en dehors de Paris, même si l'on voit bien qu'elle est destinée à recevoir la même importance que les deux précédentes et à faire que la ville se distribue en trois registres parfaitement hétérogènes quant à la population et aux modes de vie qui leur correspondent respectivement. S'agissant de la manière d'être des *gentrifiers* entre eux, on peut parler d'un *entre-soi sélectif et électif*, tant le marché joue un rôle dissuasif et tant ils appartiennent le plus souvent à cette classe intellectuelle des « manipulateurs de symboles », selon l'expression de Robert Reich[13] – une expression qui sert à désigner aussi bien les chercheurs, les journalistes

13. Robert Reich, *L'Économie mondialisée*, Paris, Dunod, 1993.

que les fameux yuppies[14]. Eux, en tout cas, ne se trouvent ni tentés par l'immobilité volontaire des habitants des cités ni soumis à la mobilité contrainte de ceux du péri-urbain. Leur rapport au mouvement relève plutôt de l'ubiquité, de la possibilité de vivre ici et ailleurs. Ici sans difficulté, grâce à la proximité des services de prestige auxquels ils peuvent se rendre sans voiture et sans que l'un des deux parents sacrifie sa carrière pour le soin des enfants. Ailleurs, parce qu'une similitude dans les modes de vie avec les autres grandes villes gentrifiées, une facilité de connexion informelle et formelle, les font vivre au rythme du monde entier. Ils sont protégés de l'insécurité ordinaire par la barrière invisible du prix du foncier, par la densité des commerces diurnes et nocturnes, par la présence discrète de la police autour des bâtiments publics ; ils ne se connaissent de menace que celle, invisible, du terrorisme, qui concerne le monde entier et vise de manière privilégiée les lieux de prestige ou les moyens de transport.

Une ville qui se défait

On voit mieux ainsi pourquoi il est préférable de parler, à présent, de question urbaine que de question sociale. Ce n'est pas que la société ne se trouve fondamentalement concernée : les murs ne sont pas devenus plus importants que les hommes. Mais la relation entre question sociale et question urbaine a changé de sens. La ville était le théâtre

14. Le vocabulaire anglo-saxon utilise les termes de *gentrifiers* pour désigner la population aisée qui investit les quartiers pauvres et de *displaced* pour ceux amenés à les quitter parce qu'ils ne peuvent suivre la montée du foncier.

d'un conflit à proportion de la confrontation qu'elle permettait, de fait, entre les riches et les pauvres, au fur et à mesure que ces derniers affluaient vers les centres. À présent, le problème n'est plus le conflit auquel la ville fournirait une enceinte et une scène, mais la partition de la ville, sa tri-partition même, qui entraîne la désagrégation de la société.

Non, bien sûr, que cette tripartition urbaine ne corresponde pas aussi à une logique sociale ! Seulement, il s'agit de processus sociaux qui ne se donnent à voir que par la transformation de l'urbain qu'ils induisent. Celui-ci n'est plus le territoire propice à un affrontement plus ou moins généralisé des classes parce qu'il les rapproche. Au contraire, il permet, organise même leur séparation. Il les exile, les tient à distance, disposant une forme de sécurité adaptée à chacune : police visible et rassurante dans les centres, rondes régulières dans le péri-urbain, brigades anti-criminalité dans les cités, tandis qu'un contrôle permanent dans les transports entre ces territoires joue le rôle d'une douane plus ou moins discrète…

La séparation donne le ton : il s'agit de celle qui émane des processus d'évitement produits par la société elle-même, de bas en haut, qui manifeste sa préoccupation de prendre de la distance avec ceux dont la proximité représente un préjudice potentiel, en constituant des formes d'entre-soi solidifiées, de différenciation dans le rapport aux autres bien sûr, mais aussi bien par rapport à l'espace et au temps, en érigeant des barrières qui n'ont plus rien à voir avec les jeux de la distinction. En effet, avec la seule distinction, une position sociale justifie ou rêve sa domination sur celles qui lui sont inférieures. Dans ces jeux de la distinction selon Bourdieu, chaque strate reste ainsi dépendante de l'autre pour apprécier sa supériorité relative dans un système unifié au moins par ce mécanisme[15]. Il y a longtemps que ce phénomène caractérise de manière flagrante le tissu urbain des pays développés et particulièrement des États-Unis : l'élévation du niveau de revenu d'une famille s'y traduit quasi automatiquement par son déménagement vers un quartier d'un niveau plus élevé. Démontrer l'existence d'un même phénomène en France, à l'aide d'un outillage statistique sophistiqué, ne fait que révéler l'existence discrète d'une pratique similaire.

Cette sociologie de la distinction ne fournit pas vraiment une compréhension de la tripartition urbaine que l'on voit se constituer autour des pôles que forment la relégation, la péri-urbanisation et la gentrification. Elle incite à la dénonciation de la tendance à l'entre-soi plus qu'à l'intelligence des formes contrastées que produit cette tendance, de la radicalité du phénomène. Car se distinguer des autres, n'est-ce pas aussi se reconnaître en eux, avoir besoin d'eux pour recueillir la satisfaction de se sentir au-dessus de ceux-ci même si au-dessous de ceux-là ? C'est ainsi que la société tourne, quand elle tourne… C'est ainsi que fonctionne le rêve américain et, pourquoi pas, le rêve français. Autrement significative des temps qui s'ouvrent nous semble l'apparition de ruptures quasi anthropologiques entre des « états de villes » comme ceux de la relégation, de la péri-urbanisation et de la gentrification.

Car ce n'est plus l'existence d'un entre-soi en tant que tel, la simple recherche rassurante du même qui fait problème, mais la nature différenciée, exclusive, de ces formes

15. L'analyse qu'Éric Maurin a récemment produite relèverait plutôt de cette sociologie de la distinction. Cf. Éric Maurin, *Le Ghetto français. Enquête sur le séparatisme social*, Paris, Le Seuil, 2004.

d'entre-soi : contraints ici, protecteurs là, sélectifs et électifs ailleurs. Cette fois, la manière de se retrouver entre soi pèse lourdement sur la nature de l'appartenance, sur le destin auquel elle renvoie, sur le mode de reconnaissance ou de non-reconnaissance du reste de la société. La prise en compte de la fermeture entre ces « états de ville » que sont la relégation, la péri-urbanisation et la gentrification permet de mesurer la véritable portée de cette logique de séparation : une diminution du sentiment d'interdépendance, la tentation pour les petites classes moyennes de renvoyer la population reléguée vers son pays d'origine, du moins d'incriminer la cause de sa présence sur le territoire national, cette « mondialisation » « par le bas » qu'est l'immigration vécue comme déstabilisant la société. Et cela d'autant plus fortement qu'elles ressentent le refus, par les classes émergentes, associées à la mondialisation « par le haut », de se solidariser avec elles, comme d'ailleurs avec le reste de la nation, tant elles paraissent portées à mesurer leurs revenus à l'aune de la rémunération de leurs équivalents à l'étranger plus qu'au revenu moyen dans cette société. Tant elles rechignent, et de plus en plus, à contribuer, via la redistribution par l'impôt, à la solidarité de l'ensemble de la société. De cette double déstabilisation découle la crispation défensive du groupe central de la société.

Pour le coup, le problème politique n'est plus de traquer la subtilité des jeux de distinction et des effets de domination qu'ils légitiment en masquant les conflits de fond qui agiteraient la société, mais de se confronter à cette logique de séparation, de s'employer à rapprocher ces continents urbains à la dérive, de « faire société » avec des manières d'être devenues autosuffisantes et que la logique de réseau de l'économie ne relie plus que de manière bien lâche, bien fluctuante : l'on peut toujours « zapper » pour ne pas prendre en compte la manière d'être et de penser des autres, de ceux que l'on a fini par ne plus voir que sur les écrans et que l'on peut faire disparaître aussi vite qu'apparus. Sauf quand leur « violence d'expression » force l'attention, interdit de rester sur son quant-à-soi et franchit le seuil de la crise politique. La crise des banlieues exprime ainsi la fureur d'une jeunesse des cités qui se sait privée d'avenir – et le dit à sa manière pour montrer qu'elle n'en est pas dupe – mais n'accepte pas que l'on retourne contre elle la lucidité autodisqualificatrice dont elle se pare, comme avec le mot de « racaille », pour la rejeter encore plus.

Le malaise des classes moyennes aussi franchit le seuil du « convenable », dans le péri-urbain, où elles vivent de plus en plus accrochées à un modèle de promotion sociale qui fait eau de toutes parts, qui les fait vaciller, prises entre la menace de la mondialisation par le bas et le mépris qu'elles ressentent de la part des bénéficiaires de la mondialisation par le haut. Ce malaise peut paraître moins spectaculaire que les émeutes des quartiers de relégation, mais n'est sans doute pas moindre, quant au fond, si l'on en juge par la propension croissante de cette frange de la population aux votes extrémistes de gauche ou de droite, alors que tout la portait, jusqu'à présent, à jouer le rôle de principal support de la société démocratique.

Face à cette logique de séparation se trouve donc posée la possibilité de maintenir la ville, de garder une continuité entre ces fragments de ville qui se cristallisent et se ferment mutuellement avec la relégation, la péri-urbanisation, la gentrification. C'est l'idée que la ville soit le lieu d'une communication, d'un devenir possible pour chacun de ceux qui y vivent qui se trouve en cause. Compte tenu de ces ruptures, la ville n'est plus qu'une idée, mais une idée plus que jamais nécessaire pour faire qu'existe une société au lieu qu'elle se disloque.

II

La politique *de* la ville

un traitement des lieux au nom de la mixité sociale par l'action à distance

Ensemble, refaire la ville[1] : le titre du rapport Dubedout qui inaugure la politique de la ville en 1983 dit mieux qu'un long discours la nature de l'enjeu et du programme qu'il propose. On ne peut donner à entendre plus sobrement ceci que les grands ensembles ne font pas une ville, ou plutôt qu'ils ont échoué à faire apparaître cette alternative à la ville de masse, de bruit et de fureur qu'était celle du XIXe siècle. On ne peut mieux dire que la vision démiurgique de l'architecte-urbaniste a fait faillite, que c'est donc aux gens de faire la ville, de la refaire plutôt puisqu'elle se décompose d'abord et surtout là où l'on a prétendu l'édifier *ex nihilo*. C'est même, pense-t-on, ce projet de refaire la ville qui va susciter un ensemble, faire société au sens effectif et non plus utopique du terme. Cet « ensemble » qui doit refaire la ville, les auteurs du rapport Dubedout le conçoivent comme le produit surtout d'une mobilisation locale des habitants des quartiers appelés à s'investir dans la réhabilitation de leurs cités de façon à ce que celles-ci redeviennent attractives pour les classes moyennes. Et

1. Hubert Dubedout, *Ensemble, refaire la ville*, rapport au Premier ministre, Paris, La Documentation française, 1983.

comme on se trouve alors dans le contexte de la décentralisation naissante, les élus locaux sont invités à travailler de concert avec les services de l'État pour réaliser cette dynamique à travers une formule contractuelle.

Le contenu, la philosophie et les modalités de la politique de la ville

Développement social du quartier, diversification sociale de sa population, contractualisation : ces trois expressions correspondent respectivement au contenu de l'action de la politique de la ville, à la philosophie qui la sous-tend, et à ses modalités. En un quart de siècle, chacun de ces trois registres a connu une évolution lente mais de plus en plus décisive. À ce titre, ils nous fourniront une grille de lecture pour l'histoire de cette politique, le moyen de l'interroger sur ses composantes et sur leur évolution. En suivant les lignes de transformation qui affectent la politique de la ville dans chacun de ces trois aspects, on peut en produire une compréhension plus éclairante que l'habituelle complainte sur la succession des programmes sans esprit de suite qui serait son destin à en croire les discours qui accompagnent chacun des constats d'échec, au moins relatif, auxquels elle a donné lieu. Il y a bien plutôt un sens propre au devenir de cette politique *de* la ville comme nous allons essayer de le montrer.

Le « développement social des quartiers » (DSQ), initié par le rapport Dubedout, correspondait à une action centrée sur *les gens*, sur l'idée qu'il convient surtout de développer le potentiel qui existe en eux afin de changer la donne de ces quartiers. La déception qui suit la mise en œuvre de cette formule amène à mettre l'accent sur le traitement des déficits du quartier, de la « zone » va-t-on dire, en matière de services et d'emploi ; puis, plus radicalement, sur *les lieux* eux-mêmes, sur l'effet négatif de leur composition architecturale et de leur disposition dans le territoire urbain. Ainsi passe-t-on *du souci des gens à l'action sur les lieux*.

Ce déplacement du contenu de la politique va de pair avec *l'affirmation croissante d'une philosophie de la mixité sociale* comme remède à la question urbaine. Tout se passe en effet comme si la confiance placée dans les habitants au début de cette politique, avec le développement social urbain, devenait progressivement défiance envers ces mêmes habitants, en raison de leurs carences et/ou de leurs difficultés d'intégration, comme si l'on n'imaginait de solution aux problèmes qu'ils posent qu'à proportion de leur dispersion dans un ensemble territorial plus étendu où les classes moyennes revenues exerceraient sur eux un effet d'entraînement seul capable de venir à bout de leur inertie comme de leur propension épisodique à la violence. Mais pour obtenir ce retour des classes moyennes, il fallait leur faire de la place, traiter les lieux, les rendre attractifs à leurs yeux, par la démolition partielle et par l'ajout de nouveaux types d'habitat : des maisons individuelles en accession à la propriété, hors d'accès évidemment pour la plupart des habitants des cités, lesquels se trouveraient en partie dispersés, replacés dans l'urbain « diffus » selon une expression chère aux spécialistes de ce nouvel urbanisme.

Cette philosophie de la mixité sociale a plu aux élus, qui redoutaient une fuite des classes moyennes devant la présence trop massive des minorités visibles dans leurs communes et le basculement de ces dernières dans le registre

« compassionnel » de la politique *de* la ville. Elle séduisit encore plus les bailleurs qui géraient le patrimoine d'habitat social, d'une part en leur offrant la possibilité de se délester, sans frais, d'immeubles amortis depuis longtemps et ne représentant plus guère à leurs yeux qu'une source d'ennuis compte tenu de la population à problèmes qui y logeait, de l'autre en leur permettant de construire des bâtiments plus adaptés à un souci de reconquête de la clientèle des classes moyennes qui correspondait à leur vocation initiale et le moyen de récupérer, par la démolition, un foncier propice à l'édification d'immeubles de qualité. Et cette perspective allécha les partenaires sociaux, Medef en tête, lorsqu'ils y virent la possibilité de tirer un profit, pour eux, du « un pour cent » prélevé sur la masse salariale des entreprises au titre du financement du logement social : celui d'une contribution de cet investissement à l'équilibre, à terme – au bout de quinze ans –, des caisses de retraite des entreprises privées. Surtout quand on songe aux difficultés que celles-ci vont connaître durant les prochaines décennies.

Pour faire meilleure place aux préoccupations émanant de ces acteurs locaux et « sociaux », la politique contractuelle fut progressivement abandonnée au profit d'une autre formule, non plus basée sur la co-production État/collectivités locales mais confiée à une agence centrale dispensatrice d'appels d'offres aux collectivités, lesquelles devenaient seules responsables de la conduite de l'action, l'agence se contentant de « conduire leurs conduites », selon l'heureuse formule inventée par Michel Foucault pour décrire ce mode de gouvernement. Inaugurée au début des années 80, la politique contractuelle faisait en effet de l'État et des collectivités locales, municipalités en tête, des partenaires à parts égales des opérations de développement social urbain. Ensemble, ils élaboraient un projet global. Puis chaque partenaire finançait la partie qui lui incombait au rythme que lui permettaient les mécanismes propres à son administration. Aussi parut-il de plus en plus tentant de prendre appui sur les acteurs locaux, sur l'autonomie que conféraient aux élus les avancées de la décentralisation, sur le désir des bailleurs d'accroître leur marge de manœuvre, sur celui des « partenaires sociaux » de récupérer leur mise avec avantage, pour financer leurs projets de rénovation à proportion des démolitions envisagées. Ainsi assiste-t-on à *l'apprentissage d'une formule d'action à distance*, par laquelle le gouvernement oriente la conduite des acteurs locaux selon un mécanisme d'incitation mais aussi de sanctions et d'amendes, comme celles décidées par la loi « Solidarité et renouvellement urbains » (SRU), à l'égard des communes, afin que celles-ci jouent le jeu de l'amélioration de la mixité sociale par le logement.

Les gens, les agents et les lieux

Depuis les débuts de la politique de la ville, les programmes conduits en son nom se succèdent sans mettre fin aux précédents, compte tenu des engagements pluriannuels qui ont été pris, compte tenu aussi de l'intérêt déclaré des élus locaux de gauche comme de droite qui en ont bénéficié et prennent leur défense quand le gouvernement central change de couleur politique. Mais existe-t-il ou non, par-delà les alternances politiques et les changements de gouvernement, une tendance à l'œuvre dans le contenu de cette politique ?

On peut identifier trois types d'actions qui se sont ainsi succédé dans le cadre de la politique de la ville. Tout d'abord, le « développement social urbain » (DSU), qui apparaît en fait avec le programme « Habitat et vie sociale » (1977) et s'épanouit, durant les années 80, avec la création du « Conseil national de développement social des quartiers ». Cette orientation entre en déclin à partir de 1990, quoique l'appellation de « développement social urbain » reste au fronton d'une politique qui va réorienter sa visée au profit de la *discrimination positive territoriale*. Laquelle connaît un fort développement de 1991 à 1997 (date de la fin du gouvernement Juppé). Elle se prolonge même au-delà, et dure, d'une certaine manière, jusqu'à nos jours. Mais, à partir de cette année 1997, on voit s'opérer un glissement vers une troisième orientation : celle du *renouvellement urbain* (selon la gauche) ou de la *rénovation urbaine* (selon la droite). Cette dernière ira en s'affirmant progressivement, sans toutefois supprimer totalement ni les pratiques de financement spécial des associations liées au développement social urbain, ni, encore moins, celles de compensation des déficits des quartiers dits sensibles en matière de service et d'emploi relevant de la discrimination positive territoriale.

Ces trois options – développement social, discrimination positive territoriale, rénovation urbaine – sont, en réalité, présentes dès le départ de la politique de la ville. Mais chacune éclôt et se déploie à proportion de l'échec relatif des autres et selon un ordre qui va du plus *soft* au plus *hard*. Il y a donc bien dans cette succession un sens, une direction, qui part de la valorisation des « gens » pour aller de plus en plus vers une transformation des « lieux » [2].

2. Soit exactement l'inverse du chemin parcouru par les États-Unis, où la politique contre les ghettos a commencé par une rénovation urbaine

Les gens

La première option, celle du développement social urbain, peut apparaître, avec le recul dont nous disposons maintenant, comme une volonté de corriger localement les échecs de la « modernisation de la société par l'urbain », qui avait été la grande œuvre des années 50 et 60. Bien sûr, les grands ensembles ne sont plus parés des prestiges de l'urbanisme triomphant. Ils ne sont plus une alternative à la ville, à sa densité excessive, à son manque d'hygiène et de lumière. Ils n'attirent plus. D'autant que la composition sociale de ces cités a changé et que l'entretien des espaces communs s'en ressent. L'absence de perspective professionnelle, l'ennui, le sentiment général de subir un rejet, portent les membres de cette population, surtout les plus jeunes, au dénigrement des efforts accomplis en leur direction et à la dégradation des lieux où ils se sentent confinés. Mais ces grands ensembles restent une figure décisive de la politique sociale, d'une politique à laquelle il aurait seulement manqué un « supplément d'âme ».

Face à la dégradation physique et sociale des grands ensembles, la démarche de l'équipe Dubedout revient donc à considérer que la tâche de modernisation de la société par l'urbain devient – seulement – plus difficile qu'avant, mais qu'elle n'a pas changé de nature. « Moderniser la société par l'urbain » ne peut plus se faire par la seule magie de l'architecte-urbaniste. Il faut à présent que les habitants se saisissent des lieux et y fassent venir, par la force de la vie associative et la pression qu'elle peut exercer sur les élus,

---

(l'*urban renewal* des années 50 et 60), puis, après l'enlisement de cette politique dans les émeutes raciales, s'est orientée vers l'*affirmative action* et le développement communautaire.

les équipements nécessaires à l'épanouissement de la vie sociale. Il ne suffit pas de mieux loger les salariés : il faut faire d'eux des citoyens. Certains l'avaient bien compris dès les années 60, comme précisément Hubert Dubedout, longtemps maire de Grenoble, une ville devenue un moment le phare de cette vie associative sans laquelle les grands ensembles ne pouvaient espérer tenir leur promesse : fournir l'alternative espérée à la vieille ville ; ils risquaient au contraire d'incarner plutôt la mort de la cité, dans le confort certes, mais par l'isolement de chacun de ses habitants[3].

Il faut associer, disait Hubert Dubedout, le développement de la citoyenneté à celui de l'urbanisme, faire des conseils dans chaque quartier, donner aux habitants voix au chapitre sur tous les sujets qui les concernent. Et il avait d'autant mieux réussi dans cette entreprise que le mouvement associatif s'appuyait alors, durant les années 60 et au début des années 70, sur une présence encore conséquente des classes moyennes dans les cités de la ville de Grenoble. À cette vie associative, les classes moyennes fournissaient l'encadrement tandis que les ouvriers servaient de masse de manœuvre pour obtenir les équipements manquants destinés à animer la vie des cités. Mais ces classes moyennes une fois parties, les ouvriers français et blancs restent et se trouvent confrontés à l'arrivée en grand nombre des immigrés, seuls candidats aux logements vacants. Les uns et les autres eurent alors plus tendance à se replier qu'à relancer

3. Hubert Dubedout fut maire de Grenoble de 1965 à 1983. Sa ville représenta, à la fin des années 60 et au début des années 70, la « Mecque » de la vie associative jugée comme la forme la plus élaborée de la citoyenneté, de la mise en mouvement de la société civile enfin considérée comme capable de fournir un pendant à l'État et à sa gestion technocratique. À ce titre, elle put servir, un temps, de lieu de rassemblement pour la « deuxième gauche » de Michel Rocard.

la vie associative… d'autant que, s'agissant des immigrés, la crainte que leurs réunions avaient produite durant la guerre d'Algérie se faisait encore sentir (ils n'eurent le droit de s'associer légalement qu'à partir de 1981). C'est dire combien manquent, en ce début des années 80, lorsque Hubert Dubedout est nommé à la tête de la Commission nationale de développement social des quartiers, les ingrédients qui avaient fait autrefois son succès. Il doit faire des propositions pour le relèvement de ces quartiers défavorisés afin de répondre aux fameuses émeutes qui avaient éclaté durant l'été 1981, mais en disposant d'une recette d'action dont tous les éléments constitutifs ou presque ont déjà disparu.

Comment réaliser, dans des conditions devenues très difficiles, ce que l'on avait fait dans des conditions qui apparaissaient, avec le recul, beaucoup plus faciles ? Ainsi pourrait-on résumer le problème posé à cette commission Dubedout. Elle avait pris Grenoble pour référence, mais également un quartier de Roubaix, l'Alma-Gare [4], que les habitants avaient réussi à sauver d'une rénovation qui prévoyait la destruction des courées où ils habitaient : celles-ci offraient en effet un cadre de vie convivial pour les habitants de maisons individuelles, disposées autour d'une allée commune agrémentée, au centre, d'une fontaine.

Ce combat des habitants pour la sauvegarde de leur environnement intéressait la commission Dubedout dans la mesure où il montrait que « les petites gens » – et non seulement les classes moyennes – pouvaient, eux aussi, se battre

4. Cf. Christian Bachmann et Nicole Leguennec, *Violences urbaines*, Paris, Albin Michel, 1995, chap. 32.

pour préserver la qualité de leur habitat. Car tel était bien le problème mis en avant par les offices d'HLM : la dégradation du bâti malgré les réhabilitations, l'absence d'un souci collectif des lieux à proportion de la dévalorisation de la condition sociale des habitants. À cet égard, les militants de l'Alma-Gare n'apportaient pas seulement un exemple mais un concept : celui précisément de *développement social*. Produit d'une sorte de transfert de l'idée de développement économique à l'objet « social », il donnait à entendre qu'il y avait, chez les gens, si démunis soient-ils, une richesse potentielle de relation et de capacité d'action qui ne demandait qu'à être développée, exactement comme un territoire reste sous-utilisé tant qu'il est privé des investissements nécessaires.

Le « développement social des quartiers » reposera donc sur l'idée qu'il convient d'apporter ces investissements – financiers et techniques – pour que la vie sociale s'épanouisse. C'est à partir de cette richesse sociale latente des *gens* que les problèmes des cités défavorisées peuvent trouver une solution, en premier lieu quant à leur dégradation physique. Le développement social se traduisit essentiellement par un encouragement financier à la vie associative, de façon à ce que les habitants puissent s'investir dans la résolution des problèmes de leur quartier. Ainsi naquirent les « régies de quartier », ces associations qui emploient et forment des habitants pour l'entretien et les réparations en évitant le recours à des entreprises extérieures. De même la vie associative devait-elle aider certaines institutions, comme l'école. Mais c'était surtout dans la réhabilitation des logements et des espaces communs que cette vie associative était appelée à s'investir.

Séduisante par son souci de faire partir l'initiative d'en

bas, cette politique de développement social des quartiers apparut pourtant, en se généralisant, comme de plus en plus bureaucratique et imposée d'en haut. Les émeutes de l'année 1990, plus violentes et plus diffuses surtout que celles de 1981, montrèrent qu'elles n'apportaient pas *la* solution au problème des cités. À partir de cette date, les programmes de soutien à la vie associative passent donc au second plan.

Les agents

La stratégie de *discrimination positive territoriale* rompt avec l'idée que ces quartiers auraient une richesse propre qu'il conviendrait de développer. Elle postule plutôt qu'ils souffrent d'un déficit constitutif qu'il faudrait compenser. Ce déficit concerne la qualité des services et l'offre d'emplois. L'une comme l'autre vont faire l'objet de mesures qui commencent en 1991, avec le célèbre discours de François Mitterrand à Bron [5], et qui s'accentuent avec le « Pacte de relance pour la ville » de 1996.

Dans un premier temps, l'accent se trouve mis surtout sur les services. Le raisonnement rompt avec le « développementisme » pour renouer avec une démarche plus strictement « républicaine ». Si ces quartiers se portent plus mal que les autres dans le territoire de la nation, la cause ne peut en être que l'insuffisance localisée de ce que la République offre plus équitablement en tous ses autres lieux, à savoir

5. « Pour en finir avec les grands ensembles », Banlieues 89, Assises de Bron, 4-5 décembre 1990, fera une analyse détaillée de ce discours de Mitterrand, avec la disqualification relative qui s'ensuit du développement social des quartiers comme de la deuxième gauche, malgré la présence de Michel Rocard à Matignon. Cf. Jacques Donzelot et Philippe Estèbe, *L'État animateur. Essai sur la politique de la ville*, Paris, Éd. Esprit, 1994.

des services publics dont les prestations doivent, en bonne doctrine, être égales en qualité et en accessibilité.

Or, l'accès à ces services fait problème pour les habitants des cités. Hormis les écoles primaires dont la répartition apparaît homogène, tous les autres services s'y font plus rares ou d'un accès plus malaisé que dans les autres quartiers. Mais c'est par leur qualité, par contre, que les écoles font problème. Un absentéisme très élevé des enseignants, leur *turn over* très rapide, nuisent à un enseignement que son public rend déjà très difficile. Il en va de même pour les policiers ou les postiers, dont les crispations diminuent souvent l'efficacité de leurs services, alors même qu'il faudrait un effort supplémentaire dans ces quartiers pour combler le hiatus culturel entre les prestataires et la population. D'où l'idée de prendre en compte le surplus d'effort que nécessite le travail dans ces quartiers et de rémunérer en conséquence les agents. Autrement dit, c'est une stratégie qui joue la carte des *agents*, ceux sur lesquels reposent intégration sociale et espoir de promotion.

La même démarche prévaut à propos de l'emploi avec le « Pacte de relance » pour la ville de 1996. Pourquoi y a-t-il tant de chômage dans ces quartiers ? Parce que les entreprises s'en trouvent trop éloignées. Pourquoi ne viennent-elles pas dans lesdits quartiers ? Parce qu'elles en voient les inconvénients en terme d'insécurité, en termes d'image aussi. Comment les amener à surmonter cette réticence ? En leur offrant un avantage compensatoire. L'exonération d'impôts sur les bénéfices des sociétés, mais plus encore l'exonération de charges sociales sont susceptibles de motiver les entreprises existantes à rester sur place et d'autres à venir s'y installer, voire à s'y créer. Voilà comment naquirent les « zones franches urbaines ».

Qu'il s'agisse des encouragements aux agents des services publics ou aux responsables des entreprises privées, le raisonnement est bien le même. Il consiste à faire jouer l'inégalité – de traitement – au service de l'égalité de résultat. Cette formule a reçu l'appellation de *discrimination positive*, traduction française de l'*affirmative action* américaine. Comme on le sait, celle-ci met en œuvre le principe des quotas appliqués dans l'emploi ou l'accès à l'université, en particulier aux minorités ethniques. La discrimination positive à la française se distingue toutefois notablement de l'américaine en ceci qu'elle ne s'applique pas aux gens, mais au territoire, ou plus exactement aux agents de l'État sur le territoire ou aux entreprises. Les gens ne sont concernés par cette stratégie que pour autant qu'ils habitent des territoires présentant des déficits particuliers, localisés dans l'espace et, en principe, dans le temps ; il ne peut en effet être question de pérenniser ce traitement dérogatoire au droit commun sans risquer de créer un double régime juridique.

La stratégie consistant à ramener ces quartiers défavorisés à la normale, c'est-à-dire à la moyenne des quartiers, oscille dès lors entre deux tentations qui sont autant d'écueils. Soit étendre le bénéfice des primes de proche en proche à tous les agents d'un même service. C'est ce qui se passe dans la police, par exemple, profession notoirement dirigée par sa base à la faveur d'un syndicalisme très puissant qui pèse sur la hiérarchie plus sensiblement encore que celle des enseignants, pourtant plus réputée à cet égard. Soit intensifier, grâce à une dérogation, le bénéfice qui est escompté en étendant la durée de son application. C'est le cas des « zones franches urbaines », avec cet inconvénient que l'emploi qu'elles font naître dans un quartier se paie d'une élévation du chômage dans le secteur environnant.

De sorte que cette stratégie de discrimination positive territoriale passe au second plan à partir de 1997… même si le dernier ministre de la Ville en date, Jean-Louis Borloo, a cru pertinent de doubler le nombre des zones franches urbaines, les faisant passer d'une cinquantaine à une centaine en 2003. Il tentait ainsi, par des mesures socio-économiques volontaristes, de compenser l'utilisation quasi exclusive des financements accordés à cette politique dans le secteur de la rénovation. Car les zones franches ne coûtent… que du manque à gagner pour l'État. Le récent ajout par le gouvernement Villepin d'une dizaine de zones franches à celles déjà existantes dit bien la facilité de décréter ce genre de mesure, son caractère provisoirement indolore: on n'augmente pas immédiatement les dépenses, mais on diminue progressivement les recettes. Les zones franches ont toujours eu, à ce titre, la faveur des gouvernements de droite dans toutes les nations.

Mais elles ne modifient guère les regroupements compacts de minorités ethniques pauvres. Elles soulignent plutôt l'importance de la gestion de la sécurité si l'on veut voir ces zones franches attirer quelques entrepreneurs en sus des commerces locaux. Or l'insécurité, ou la crainte de l'insécurité, est associée à l'image d'un quartier peuplé uniquement de pauvres et de minorités visibles. C'est de cette lutte contre l'insécurité, de ce souci de l'ordre, de sa perception, que procèdent le désir d'un certain degré de mixité sociale et son moyen: la rénovation urbaine. Avec cette dernière, c'est une troisième étape de la politique de la ville qui va occuper progressivement le devant de la scène.

Les lieux

L'idée d'agir sur les *lieux* par la *rénovation urbaine*, de modifier donc la texture des quartiers défavorisés, n'a évidemment pas surgi d'un seul coup à la fin des années 90. Elle était d'une certaine manière déjà présente, quoique uniquement sous la forme de la réhabilitation, dans la procédure « Habitat et vie sociale » de 1977 ou dans celle du « développement social des quartiers ». Le traitement physique de fond des grands ensembles a, pour sa part, vu le jour avec les « grands projets urbains » (GPU), lancés au début des années 90 pour changer la physionomie des quartiers les plus enclavés. Mais cette procédure ne concernait qu'un nombre très restreint de quartiers (treize) et disposait d'un statut expérimental. Son extension à une cinquantaine de sites sous la forme des « grands projets de ville » (GPV), à la fin des années 90, n'avait pu se faire qu'en assortissant le traitement physique – urbanisme, transport, logement – de la prise en compte à parts égales des dimensions économique et sociale.

Pourquoi tant de précautions sur ce sujet du bâti ? Parce qu'il existait une sorte de tabou relativement à la démolition des grands ensembles. Un tabou qui provenait aussi bien du risque d'offenser ceux qui les avaient conçus que ceux qui les habitaient. Pour le ministère de l'Équipement, il y allait, avec les grands ensembles, de sa grande œuvre fondatrice. Que les cités en question soient devenues des lieux à problèmes, ses responsables le reconnaissaient bien volontiers, mais en faisant aussitôt remarquer que ces problèmes n'apparaissaient pas là où les habitants des grands ensembles étaient restés en majorité des classes moyennes.

L'architecture était donc moins en cause que les habitants pauvres et immigrés, qui auraient, pense-t-on, posé les mêmes problèmes ailleurs, du simple fait de leur concentration. Quant à ces derniers, ils vivaient – et vivent toujours – tout projet de démolition comme le signe d'un rejet à leur égard. Le fameux colloque organisé à Bron en 1991 par le groupe d'architectes appelé « Banlieues 89 » fut l'occasion d'une manifestation aiguë de cette crainte des habitants de se faire rejeter sous couvert d'une amélioration de leur habitat[6]. Intitulé « En finir avec les grands ensembles », ce colloque affichait bien un objectif parfaitement conforme aux idéaux de ce petit groupe d'architectes. Mais il survenait peu après les grandes émeutes qui avaient secoué toutes les cités de France, et particulièrement celles de la banlieue lyonnaise où se tenait ce grand colloque. Aussi vit-on la jeunesse de ces cités faire irruption dans la salle de réunion, demander et obtenir de l'organisateur principal, Roland Castro, qu'il reconnaisse l'erreur de cet objectif de destruction, l'offense qu'il représentait – involontairement – pour le peuple des cités.

Ce tabou sur la démolition ne va s'effacer que progressivement. D'abord par l'effet de la montée de l'insécurité, qui va s'associer aux cités de manière plus négative encore que les émeutes. Il n'est guère un projet de rénovation qui

6. Il faut préciser que l'appellation de ce groupe, « Banlieues 89 », signifiait : abolition du privilège de la ville sur la banlieue, donc élévation de celle-ci, de son niveau architectural et urbanistique au niveau de la ville centre, au prix d'une refonte décisive de son bâti. Ce groupe annonce la politique de rénovation de l'an 2000 et s'en félicite à présent, même si son ancrage politique se situe totalement à l'opposé du gouvernement responsable de cette rénovation.

ne s'autorise maintenant de l'insécurité régnant dans les immeubles destinés à la démolition. Ensuite, en raison des manifestations islamiques « ostentatoires » : un même consensus « républicain » s'établit autour de la loi sur la rénovation urbaine et de celle relative à l'interdiction du port du voile dans les écoles. Mais l'élément le plus déterminant, pour les élus locaux, réside sans doute dans l'évolution de la crise urbaine, dans les effets et méfaits de l'étalement urbain et de l'augmentation du coût du foncier dans les centres des villes. Pourquoi conserver pieusement ces tours et ces barres qui captent un espace foncier considérable et ne génèrent que des problèmes, alors que la libération de cet espace permettrait de détendre le coût du logement en ville et d'y faire revenir une partie des classes moyennes qui ont fui, souvent à regret, dans le péri-urbain ? C'est bien sur cette préoccupation que misent les propriétaires et les gestionnaires de ces ensembles, sur la possibilité, pour eux, de (re)devenir des « entrepreneurs urbains » et non de simples gestionnaires de logements pour les pauvres.

L'idéal de la mixité sociale

Les programmes se succèdent et durcissent le niveau de l'action, en passant du social à l'économique, des services publics à l'architecture du quartier. Il s'agit, à présent, de « casser l'image du quartier » et non plus de revaloriser celle des habitants. Ce déplacement du contenu de l'action va-t-il de pair avec une rupture quant à la philosophie qui sous-tend cette politique ? En fait, semble-t-il, une seule pensée a toujours sous-tendu cette politique, une seule doctrine a été véritablement présente, et seule sa tonalité, son degré d'affirmation, ont évolué jusqu'à ce qu'elle se fasse de plus en plus exclusive. Il s'agit de la doctrine de la *mixité sociale* comme condition de la résolution de toutes les difficultés que connaissent les cités.

L'examen des publications, rapports officiels et textes de lois montre, en fait, une remarquable unité de pensée dans la philosophie de la politique de la ville. Elle apparaît avec le rapport Dubedout et va en s'affirmant avec toujours plus de détermination et de moyens jusqu'à la loi Borloo relative à la rénovation urbaine ainsi que celle se rapportant à la cohésion sociale. Cette philosophie tient en quelques mots : mixité et cohésion sociale, mixité au service de la cohésion et de la lutte contre la ségrégation. Cela va de soi, dira-t-on : lutter contre la ségrégation constitue une préoccupation élémentaire pour une société démocratique. À présent oui, certes. Mais ce présent remonte à peu de temps.

Il importe de souligner la nouveauté de cette philosophie de la ville, ce en quoi elle diffère précisément de celle qui l'a précédée, lors de la « modernisation de la société par l'urbain » des années 50 et 60, de voir comment s'ouvre, avec elle, une nouvelle problématique dans laquelle nous nous sommes, depuis, installés comme si elle avait été présente de tout temps, mais seulement insuffisamment affirmée. C'est uniquement en prenant en compte cette nouveauté de la doctrine que nous pourrons comprendre la manière dont la mixité sociale instruit les pratiques, comment son exigence provoque une montée en régime de l'action, quoique avec un résultat bien incertain, si incertain même que l'on en viendra à s'interroger, *in fine*, non pas sur la légitimité de cet objectif de mixité et de cohésion sociale, mais sur la manière de le réaliser, de le mettre en œuvre par la politique de rénovation telle que déployée jusqu'à présent.

Pourquoi la mixité ?

Les « attendus philosophiques » des textes fondateurs de la politique de la ville, dans les années 80, ne mentionnent pas vraiment le thème de la mixité sociale ; ils lui préfèrent celui « d'équilibrage de la composition sociale des quartiers [7] » sans d'ailleurs l'inscrire au fronton de cette pratique. Il s'agit plutôt de « stopper le processus ségrégatif [8] » sans pour autant entreprendre de « nier la réalité populaire de ces quartiers [9] ». Il est même question de « respecter les différences » afin de « faciliter la cohabitation des groupes sociaux » – entendons groupes « ethniques », dans la mesure où le rapport Dudebout « n'exclut pas » que « certains quartiers trouvent leur identité à travers une dominante ethnique » [10].

Fondamentalement, la modification de la composition sociale des quartiers se voit renvoyée à la résolution du « problème de l'intercommunalité [11] », laquelle ne saurait advenir que dans la longue durée. Cette prudence programmée du développement social urbain s'explique en fait par la nécessité d'une relative permanence de la population si l'on veut qu'elle acquière un pouvoir sur elle-même et

7. Hubert Dubedout, *Ensemble, refaire la ville*, *op. cit.*, p. 52.
8. *Ibid.*, p. 52.
9. *Ibid.*, p. 53.
10. *Ibid.*, p. 57 et 60.
11. *Ibid.*

déploie une capacité d'amélioration de la vie dans le quartier. Mais cette discrétion tient aussi au souci de pouvoir refuser la demande de certains élus qui, s'estimant trop chargés en population immigrée par rapport à leurs collègues, auraient souhaité que l'on disperse celle-ci d'une manière qui ne pourrait que contrevenir aux mœurs républicaines. Dans un sens très proche, le rapport Dubedout fait du développement social une étape nécessaire pour un objectif à long terme : diversifier progressivement la composition sociale desdits quartiers.

Cette belle patience dans la mise en œuvre de la mixité sociale disparaît toutefois en 1990, en même temps que la croyance en l'efficacité du développement social des quartiers. Les protagonistes de la politique de la ville commencent à penser qu'il est préférable de passer directement à l'objectif principal de mixité, selon un raisonnement qui ne cessera de gagner en assurance : il revient à penser que, si les habitants de ces quartiers stagnent, c'est précisément parce qu'ils restent entre eux, isolés, relégués, victimes de la « culture de la pauvreté » qui s'installe entre gens subissant la même défaveur. Cette culture les décourage de lutter pour améliorer leur condition, elle les porte plutôt à tirer les meilleures ressources de celle-ci, à faire donc de leur dépendance une manière de vivre, à défaut d'exister.

Pour que les enfants réussissent scolairement, pour que les parents retrouvent un emploi, pour que la délinquance diminue, une seule solution s'impose vraiment : la mixité sociale. Elle seule ramènera de fait les perdants de la vie dans le cours de la société. En 1991, la « loi d'orientation pour la ville » (LOV) établit, pour la première fois, la mixité sociale comme un objectif légal, sous la forme de la mixité de l'habitat en l'occurrence. Elle comporte en effet l'obligation, pour les communes urbaines de plus de 3 500 habitants situées dans une agglomération de plus de 200000 habitants, de disposer d'au moins 20 % de logements sociaux – et donc de s'engager à les construire à travers un «programme local de l'habitat» (PLH), sous peine de devoir payer une amende [12]. Comme les décrets d'application de cette loi avaient longtemps tardé à paraître (ils furent publiés en 1995) et que nombre d'élus locaux faisaient de la résistance à cette injonction parlementaire, une seconde loi, dite de «Solidarité et renouvellement urbains» (SRU), votée en 2000, vint en durcir les exigences. Elle imposait cette fois l'obligation de mixité aux communes situées dans les agglomérations urbaines de plus de 50000 habitants et recourait à l'amende selon une méthode qui lui permettait de prendre effet dès sa promulgation là où le nombre de logements sociaux était insuffisant. Bref, on paie tant qu'on n'a pas satisfait à toutes les exigences de la loi et à proportion de l'écart où l'on se trouve vis-à-vis de ce que celle-ci exige.

Ces deux lois – connues par les professionnels sous les abréviations de LOV et SRU – visent à instituer la mixité sociale par la création de logements sociaux dans des communes aisées. Un autre «train législatif» s'emploie à l'introduire dans les quartiers défavorisés, en facilitant cette fois la venue de couches moyennes au sein des couches populaires. La droite prit en charge ce volet de la mixité avec une prédilection égale à celle dont la gauche avait fait preuve pour lancer le mouvement précédent.

Une première tentative eut lieu en 1996, avec un article du «Pacte de relance de la politique de la ville» qui visait à

12. Cf. l'ouvrage d'Emmanuelle Deschamps, *Le Droit public et la ségrégation urbaine*, Paris, LGDJ, 1998.

attirer les jeunes ménages des classes moyennes dans les cités, en faisant valoir l'intérêt pour eux d'appartements plus spacieux que ceux des centres qu'ils habitaient, et en jouant sur leur moindre coût du fait qu'ils se trouveraient exonérés, par l'article en question, du surloyer dû par tout ménage dépassant le plafond de ressources HLM. L'expérience n'eut guère de succès. Changer la composition sociale des cités supposait de changer la qualité des lieux plus que de jouer ainsi « à la marge ». C'est ce qu'entreprirent alors et successivement le programme des « grands projets de ville » et celui des « opérations de renouvellement urbain » (ORU), tous deux inscrits dans le cadre de la loi dite de « Solidarité et de renouvellement urbains » votée en 2000, puis, avec de plus amples moyens, la loi Borloo relative à la rénovation urbaine, en 2003. Cette dernière propose de détruire suffisamment d'immeubles dans les cités pour en changer l'image et surtout de ne reconstruire qu'en partie les logements sociaux détruits, afin de faire place à des logements « intermédiaires » – comme l'on appelle les logements destinés aux petites classes moyennes –, c'est-à-dire des logements locatifs de bonne qualité, préludes à l'accession à la propriété, ainsi qu'à des maisons destinées à cette acquisition.

« Le » remède pour la ville ?

Depuis une quinzaine d'années au moins, cette doctrine de la mixité sociale apparaît donc de plus en plus au cœur de la philosophie de la ville, à tel point que l'on n'imagine guère qu'il ait pu jamais en aller autrement. En fait, la mixité va si peu de soi dans la ville moderne qu'il faudrait paradoxalement remonter à l'Ancien Régime pour trouver une véritable mixité sociale urbaine. En ce temps-là, il est vrai, l'habit définissait l'identité de chacun, de sorte que la confusion ne risquait pas de naître du mélange. Alors que le rôle de l'habit va diminuant, à partir du début du XIXe siècle, c'est l'espace, le lieu d'habitation, qui semble bien prendre la relève afin d'assurer à chacun les repères nécessaires à la démonstration de son identité sociale.

Il y a bien eu sous le Second Empire une certaine glorification du Paris reconstruit par Haussmann, comme grande œuvre de mixité sociale avec ses immeubles où chaque étage était destiné à une catégorie sociale différente. Mais créditer Haussmann d'une philosophie de la ville appuyée sur le concept de mixité sociale revient à jeter un voile pudique sur l'expulsion des ouvriers parisiens, renvoyés vers les collines avoisinantes comme Belleville. Cette ségrégation jouera un rôle décisif dans la Commune de Paris, considérée par ce peuple qui en avait été expulsé comme la « revanche des exilés ». L'urbanisme social et hygiénique de la première moitié du XXe siècle ne se montre guère partisan de mixité sociale, puisqu'il ne vise, lui aussi, qu'à déverser les pauvres hors les villes, à les loger à proximité des manufactures mais loin des centres, loin des beaux quartiers. Dans des villes marquées par un siècle de conflits sociaux, mieux valait, estimait-on, séparer les combattants que les rapprocher.

Sans doute le déploiement des grands ensembles, durant les années 50 et 60, participe-t-il d'une extinction progressive de cette hantise de l'affrontement. Mais ce n'est pas au profit explicite de l'idée de mixité sociale. Certes, les habitations à loyer modéré ne sont pas, par définition, destinées aux seules classes laborieuses. Elles ne visent pas pour autant à produire explicitement une mixité sociale, seulement à offrir un logement qui vaille pour « l'homme moyen », l'homme statistiquement moyen, c'est-à-dire n'importe qui. Il s'agit plus d'un habitat indifférent aux classes que destiné à permettre à celles-ci de cohabiter. Sa conception relève plus d'une démarche technocratique que d'une vision sociologique.

Quant au « grand ensemble », il ne cherche pas à créer un « ensemble », une société locale, un quartier avec ses places, ses rues et sa centralité. Il vise à produire une grande quantité de logements familiaux spacieux et aptes à revaloriser la vie privée au détriment de la vie publique. En l'occurrence, le grand ensemble est tout sauf une ville, laquelle se trouve d'ailleurs érigée en repoussoir par les architectes inspirateurs de ces constructions, dont, au premier chef, Le Corbusier. Au demeurant, les critiques qui vont s'élever alors contre cet urbanisme soucieux du logement et des parcours fonctionnels lui reprochent bien plus cette perte de la vie sociale qu'un manque de mixité sociale, au sens de mélange volontariste des classes sociales par l'habitat. Dans *Le Droit à la ville*, Henri Lefebvre déplore la perte de la ville comme lieu de rencontre, comme mystère, opportunité, fête, centralité. C'est la convergence qu'offre la ville par ses places et ses rues qui lui semble en voie de disparition, pas vraiment la mixité sociale [13].

Plutôt qu'à valoriser la mixité sociale, la mode intellectuelle et sociologique des années 60 portait à déplorer celle

13. Henri Lefebvre, *Le Droit à la ville*, Paris, Anthropos, 1968. Pour comprendre sa critique de la modernisation de la société par l'urbain, il faut également lire son ouvrage sur la commune de 1871, considérée comme une fête, comme le moment de la ville-fête : H. Lefebvre, *La Proclamation de la commune*, Paris, Gallimard, 1965.

qui se trouvait justement produite par ces HLM logeant (encore) ouvriers et classes moyennes, à critiquer l'ombre portée des secondes sur les premiers, l'espèce d'hégémonie sociale que produisait cette co-présence. Le célèbre article de Chamboredon et Lemaire, intitulé « Proximité spatiale et distance sociale[14] », n'est devenu fameux, justement, que parce qu'il exprimait ce sentiment d'une culture ouvrière menacée dans son autonomie par le leadership des classes moyennes. La « modernisation de la société par l'urbain » s'est faite au nom d'une philosophie de l'urbain considéré comme remède à la « ville », à sa compacité, à ses quartiers bourgeois, à ses places qui permettaient le face-à-face entre les classes. Elle oppose la technocratie moderne à la théâtralité romantique. Elle ne cherche pas la cohésion sociale mais la disposition fonctionnelle au nom de l'industrie. Elle sépare les tâches dans la ville comme on les sépare dans l'organisation de la production. En ce sens, elle constituerait bien plutôt l'envers de l'actuelle et consensuelle philosophie de la ville, organisée autour de l'idée de mixité sociale, que sa préfiguration.

Les non-dits de la mixité sociale

La mixité sociale dans l'urbain est pour nous une évidence. Mais pour peu que l'on considère ce thème dans le passé de la société, il en paraît absent. Comment se fait-il donc qu'en si peu de temps – une vingtaine d'années – il ait

14. Jean-Claude Chamboredon et Michel Lemaire, « Proximité spatiale et distance sociale : les grands ensembles et leur peuplement », *Revue française de Sociologie*, vol. XI, 1, 1970.

acquis une telle notoriété ? Aurions-nous été soudain pris de remords à l'idée d'avoir perdu ce sens de la ville qu'évoquait avec tant d'éloquence Henri Lefebvre ? Aurions-nous eu honte d'avoir substitué l'« urbain » à la « ville », selon la formule de Françoise Choay [15] ? Aurions-nous été soudain saisis d'effroi à la perspective d'un émiettement de la socialité par le repli sur la vie privée ? Il y a bien eu l'affolement devant la « Sarcellite », cette fameuse maladie affectant la vie des gens isolés dans les grands ensembles. Mais cette hantise affectait, on le sait bien, plutôt ceux qui n'y vivaient pas que leurs habitants.

Bien sûr, quand la « loi d'orientation pour la ville » est votée en 1991, elle proclame « le droit à la ville », reprenant ainsi le titre du célèbre ouvrage d'Henri Lefebvre paru en 1968 [16]. Mais le contenu précis de la loi dément ce rapprochement. Il se montre plus soucieux d'une répartition spatiale, équitable, de la population dans « l'urbain » que d'une restauration de la « ville » selon Lefebvre. Aussi, plutôt qu'un acte d'autocritique concernant cette qualité perdue de la ville, verra-t-on, dans la montée du thème de la mixité sociale, une nouvelle et double préoccupation. En premier, on y trouvera un souci d'ordre public associé aux concentrations de « minorités visibles ». Puis, en filigrane, apparaît un autre objectif : celui d'adapter la conformation de l'urbain au déclin de la grande industrie, de faire entrer la ville dans l'ère de la mondialisation.

On peut estimer que la « politique de la ville » fut le nom donné à une politique d'intégration des immigrés qui n'osait

15. Cf. Françoise Choay, *Le Règne de l'urbain et la mort de la ville*, tiré de l'ouvrage *La Ville. Art et architecture en Europe. 1870-1993*, Paris, Éd. Centre Georges-Pompidou, 1993.
16. Henri Lefebvre, *Le Droit à la ville*, *op. cit.*

pas dire son nom. On craignait en effet de reconnaître, chez nous, un problème qui ne saurait exister dans la patrie des droits de l'homme, à la différence de nos voisins anglo-saxons si fâcheusement « communautaristes ». Mais le peu d'audace intellectuelle et la faiblesse des moyens alloués à cette politique ont plus révélé l'étendue du problème qu'ils ne l'ont résolu. Au demeurant, il y avait une certaine ambiguïté dans cette démarche. Car la concentration des immigrés faisait problème, et on la récusait dans son principe. Mais elle constituait aussi… une solution, en ceci qu'elle mettait le problème à distance du reste de la ville. Rendre cette distance acceptable par l'attribution de subsides divers, d'emplois subventionnés, d'un encadrement social et policier attentif, a pu paraître un temps comme une solution de moindre coût. On pratiquait ainsi ce que les Américains appellent « dorer le ghetto[17] ». L'insistance sur la mixité sociale va toutefois monter, au fur et à mesure que cette politique de « *containement* » se révélera inefficace. Elle correspond alors au besoin de défaire ces concentrations qui offensent la République par leur image négative, et plus encore par les désordres qui leur sont associés. On entreprend alors de « casser l'image » des quartiers, puis on promet, pour faire bonne mesure, de les « nettoyer au Kärcher[18] ».

17. Cf. Jacques Donzelot, Catherine Mével, Anne Wyvekens, *Faire société. La politique de la ville aux États-Unis et en France*, *op. cit.*, p. 59 *sq*.

18. Cette expression fut employée par Nicolas Sarkozy, ministre de l'Intérieur, lors d'une visite à La Courneuve, après le meurtre d'un enfant de onze ans. Il a proclamé vouloir nettoyer au propre, comme au figuré, la Cité des 4000 : « Dès demain, on va nettoyer au Kärcher la Cité des 4000. On y mettra les effectifs nécessaires et le temps qu'il faudra, mais ça sera nettoyé. »

Une autre explication à cette insistance croissante sur le thème de la mixité sociale peut être trouvée si l'on considère la politique de la ville comme une sorte de parenthèse entre la construction des grands ensembles et… leur destruction, ou du moins l'assouplissement de leurs formes, la normalisation de leurs contours dans le paysage urbain, leur réintégration dans la ville architecturale. Non parce qu'ils seraient de pures abominations architecturales – il y a eu, parfois, une pensée architecturale forte et non pas uniquement un souci d'économie dans leur conception, comme l'a bien montré Jean Patrick Fortin[19] –, mais parce que les raisons qui ont présidé à leur naissance ont disparu avec la mutation de l'organisation de la production et que la relation entre logement et emploi s'en trouve modifiée d'autant.

La construction des grands ensembles était associée à un objectif stratégique très clair : adapter la société à l'industrialisation « fordiste » qui réclamait une main-d'œuvre massive pour ses usines et ses bureaux. Une main-d'œuvre stable aussi, car le travail à la chaîne ne s'accommodait pas des irrégularités de présence, des défections brutales et imprévisibles. Une main-d'œuvre docile enfin, parce que ce travail ne laissait pour ainsi dire pas de liberté, de latitude, de place à l'imagination individuelle ou à l'initiative.

Comment disposer rapidement d'une population réunie en grand nombre, mais stable et docile ? Par l'élévation précisément de bâtiments de grande contenance, conçus à l'identique : on simplifiait l'ouvrage et on limitait le coût des loyers. En contrepartie les appartements présentaient l'attrait d'un

19. Jean Patrick Fortin, *Les Grands Ensembles*, *op. cit.*

volume et d'une luminosité jugés bien préférables à l'étroitesse et à l'obscurité associées jusqu'alors à ceux offerts en ville pour les pauvres venus des campagnes. Ils disposaient ainsi d'un confort et d'une hygiène que l'on ne pouvait pas trouver dans les quartiers populaires. Ainsi la main-d'œuvre aurait envie de venir, de rester, de supporter les contraintes du travail... pour jouir du nouveau confort dont bénéficiait la vie familiale. À ce moment, le logement à loyer modéré est donc conçu comme le moyen qui doit permettre aux gens de travailler, en contrepartie de leur soumission aux exigences du labeur industriel.

Avec le recul historique dont nous disposons maintenant, la politique de la ville apparaît comme une transition plus ou moins obligée entre l'âge d'or du grand ensemble collectif, celui de la modernisation des années 60, puis celui de sa disparition programmée. Car la reconstruction qui doit suivre la démolition selon la législation actuelle va de pair avec un changement dans la conception du logement. Bien entendu, il est question d'en construire beaucoup plus. S'agissant des démolitions, pour chaque logement détruit il y aura un logement construit. Cependant, l'immeuble à taille humaine qui va remplacer les tours et les barres abritera aussi des logements différents et surtout plus différenciés. Car la fonction du logement change avec la désindustrialisation, avec le développement des services, avec la précarisation des emplois. Autant, dans la société industrielle, *on « bénéficiait » d'un logement* à loyer modéré *pour pouvoir travailler* dans de bonnes conditions – sans que son montant, facteur de revendications, ne se répercute sur le coût salarial –, autant, actuellement, *on travaille*, dans des conditions qui sont plus compliquées, plus aléatoires et handicapantes, *pour pouvoir acheter un logement*. Acquisition impliquant, justement, de passer toute la durée de sa vie active à en payer les mensualités comme le propose l'apparition de nouvelles formules de prêts permettant aux petites classes moyennes d'acheter un logement familial avec des mensualités qui s'échelonnent sur une trentaine d'années.

De moyen pour le travail, le logement est devenu sa finalité. Bien entendu, l'acquisition du logement, du pavillon de préférence, était déjà un objectif de l'époque de l'industrialisation pour les classes moyennes et la classe ouvrière qualifiée. Mais cet achat récompensait une vie de labeur, sanctionnait une soumission, une stabilité dans l'emploi. À présent, la propriété constitue non la récompense d'une intégration, mais l'intégration elle-même, la seule assurance d'appartenance que l'on puisse recevoir d'une société devenue « société de propriétaires ». Il en résulte une tendance au déstockage des logements sociaux, déstockage que l'on retrouve d'ailleurs dans toutes les nations européennes. Si l'on considère les cinq pays européens dont le parc immobilier contient le plus grand pourcentage de logements sociaux – Grande-Bretagne, Pays-Bas, Suède, France et Allemagne –, on voit que dans tous ces pays la construction de logements sociaux diminue entre 1990 et 2000 tandis que, pour la même période, le pourcentage de vente de ces logements à leurs occupants ne cesse d'augmenter en même temps que le déstockage par la démolition[20]. Gestionnaires d'habitat, les grands bailleurs sociaux européens revendiquent de plus en plus un statut d'opérateurs de services urbains. Ce qui signifie en clair qu'ils se réorientent

20. Cf. Yann Maury, « Le logement social dans les métropoles européennes », DRAST, ministère de l'Équipement, 2005.

vers des activités de restructuration urbaine, comme les y invite la loi Borloo, et vers la reconquête des classes moyennes comme les y porte leur vocation initiale.

Le logement social s'effrite donc par le haut, avec les constructions de logements dits « intermédiaires », destinés, comme nous l'avons dit, aux classes moyennes, avec l'incitation à l'acquisition. Mais il s'effrite aussi par le bas, avec la multiplication des logements d'insertion, dont les offices HLM confient la gestion – ou la propriété – à des associations spécialisées dans l'accompagnement au logement. Car on ne fait plus du développement social mais de l'accompagnement social. On ne joue plus sur la richesse potentielle de la société formée par les habitants des cités, sur le capital social que constituent leurs liens : on se préoccupe de les responsabiliser individuellement dans leur comportement de locataires. Pour ceux qui n'ont pas d'emploi régulier, de revenus suffisants pour s'acheter un logement ni même pour disposer d'un logement social « classique », bref, pour ce « précariat » qui remplace le salariat au bas de la société, la formule du logement d'insertion permet au bailleur de se délester de son rôle de logeur en sous-traitant celui-ci à des associations. Celles-ci vont, par exemple, payer le loyer dû par les habitants pour s'efforcer ensuite de le récupérer sur la base d'un accompagnement – transformant leurs agents en interlocuteurs obligés des locataires dans toutes leurs difficultés.

Les Anglais, tout comme ils avaient pris les devants en matière de vente de logements sociaux à leurs habitants sous le gouvernement de Mme Thatcher, sont prophètes en la matière avec la formule des *temporary housing* : depuis 1987, celle-ci permet en effet le logement des personnes sans ressources ainsi que celui des résidants issus de l'immigration récente et demandeurs d'asile. Plusieurs associations gestionnaires de logements (*housing associations*) réservent une partie de leur parc à cette population, dans un périmètre le plus large possible afin d'éviter les concentrations de pauvreté. Les locataires disposent d'une subvention relativement généreuse qui permet à l'association de conduire cette activité de manière rentable. En France, « Habitat et Humanisme » fournit une illustration de ce secteur du logement social destiné au précariat[21]. Le logement social *stricto sensu* se trouve ainsi réduit au rôle du tiers restant, sous les dehors d'une politique dont le volontarisme déclaré évoque celui des années 60 mais en constitue l'opposé par l'esprit, et même, pourrait-on dire, le fossoyeur.

Le succès de cette philosophie de la mixité sociale doit donc se lire à plusieurs niveaux : celui, certes, de la lutte contre les concentrations de pauvreté, contre les « communautarismes », mais également et plus encore comme la fin d'un type d'urbanisme organisé autour du logement social et de son uniformité relative. La mixité sonne comme la fin des classes homogènes, l'entrée durable dans la flexibilité et la précarité, l'intégration par la propriété et non plus par le seul travail. La doctrine de la mixité est surtout porteuse d'une transformation du rapport au logement, du passage à « une société de propriétaires » à la faveur d'un réaménagement d'ensemble du logement social.

Car le logement social classique, massif, stocke les popu-

21. Sur l'évolution du logement social et de ses gestionnaires, voir Yann Maury, « Les HLM : l'État-providence vu d'en bas », Paris, L'Harmattan, 2001.

lations, les immobilise, verrouille le mouvement aussi bien vers le haut que par le bas. Dans sa conformation actuelle, il retient ceux qui voudraient en sortir mais ne le peuvent, faute des moyens suffisants pour accéder, dans un horizon proche, à la propriété, ou du moins à une meilleure location. Parce qu'il retient captif ses habitants actuels, il empêche les plus pauvres, les plus précaires, ceux qui auraient le plus besoin d'une facilitation en matière de logement, d'accéder précisément à ces logements qui ne se libèrent pas. Aussi faut-il détruire ces formes captatrices, organiser les sorties en amont, créer en aval des logements d'insertion. Bref, faire tout le contraire de ce qu'avait accompli la modernisation de la société par l'urbain, ou plutôt le défaire.

Inverser la relation créée entre le logement et le travail dans le cadre de la production de masse de la société industrielle, tel semble bien le raisonnement suivi, de fait, par la plupart des gouvernements occidentaux, que nous tenons, en France plus qu'ailleurs, à parer du beau nom de « mixité sociale ». Mais il correspond plus exactement à un effritement des classes sociales qu'à une propension soudaine de celles-ci à se mélanger. Le partage, selon le niveau et la régularité des revenus, paraît plus la règle de fait. Et ce que l'on escompte, au travers cette évocation de la mixité sociale, relève plus d'un souci d'accroître la variété des produits d'habitat, de dynamiser la relation au logement et surtout à la propriété, que de mélanger les populations ayant des revenus différents.

La mixité sociale peut certes se trouver associée à ce processus, mais c'est plus souvent comme une condition de son déploiement que comme sa visée principale. Ainsi, lors d'une démolition, la « récupération » d'une partie du foncier occupé par les immeubles sociaux classiques permet de reconstruire des logements intermédiaires ou en accession à la propriété, générant en retour une certaine proximité entre deux catégories d'habitants. Mais cette proximité est-elle une mixité, au sens de partage d'un espace, au sens d'une vie en commun ? Il semble bien que le seul effet véritablement escomptable et escompté de cette proximité consiste en une certaine amélioration de la sécurité publique. Ce bénéfice n'est certes pas négligeable pour les plus pauvres ni sans intérêt pour les gouvernements, mais il est « habillé » par une présentation de la mixité sociale aussi « radieuse » et aussi illusoire que celle qui a accompagné la construction de la ville – radieuse – que l'on détruit maintenant !

Vers l'action à distance

Défaire progressivement cette « grande œuvre » de l'urbanisation massive des années 50 et 60 que sont les grands ensembles, est-ce renoncer au rôle de l'État ? Est-ce accepter son retrait de la même manière que la « propriété sociale [22] » paraît appelée à s'effacer progressivement au profit d'une société de propriétaires, escortée à ses marges par des associations d'insertion dans le logement ? Faut-il voir là l'esquisse d'une réorientation néo-libérale de l'État, entendue comme la diminution de son pouvoir au bénéfice

22. La notion de propriété sociale a été inventée à la fin du XIXe siècle pour désigner ces services que l'État produisait : écoles, logements sociaux, dispensaires… qui ne relevaient pas de la propriété privée et dont les utilisateurs n'étaient pas les serviteurs de l'État comme les bureaux et administrations, mais le peuple. Sur l'apparition de cette notion, voir J. Donzelot, *La Police des familles*, Paris, Minuit. 1977, 2005. Ainsi que Robert Castel, *Les Métamorphoses de la question sociale*, *op. cit.*, et *Une chronique du salariat*, Paris, Fayard, 1995 ; Gallimard, coll. « Folio », 2003.

de la logique du profit ? Faut-il comprendre que la société civile et ses associations se substituent aux administrations sociales ? Il y va bien, dirons-nous, d'une orientation néolibérale de l'État. Mais celle-ci ne signifie pas tant la diminution de son pouvoir que sa transformation par l'apprentissage d'un art d'agir à distance, à moindre coût et avec le souci d'une plus grande efficacité.

La deuxième loi de décentralisation (2003) contribue largement à procurer cette impression que l'État se dépouille de son pouvoir. Mais elle constitue plutôt l'indice d'une réorientation de la manière de gouverner... à distance [23]. L'État perd à coup sûr son pouvoir avec la décentralisation, entrée dans les mœurs grâce à deux lois ; promulguées avec vingt ans d'écart, elles ont réduit considérablement son rôle, particulièrement dans le domaine de l'urbain. Ce retrait de l'État ne condamne-t-il pas le gouvernement à une impuissance, déplorée à gauche comme à droite par ceux qui le voudraient aussi puissant qu'autrefois et capable de faire prévaloir l'intérêt général grâce une nouvelle extension de ses pouvoirs ?

C'est, dirons-nous, se méprendre sur la nature du pouvoir que de confondre ainsi son efficacité avec son étendue. Car le pouvoir aussi peut s'économiser, gagner en efficacité

23. L'idée d'action à distance en matière de gouvernement trouve sa principale racine chez Michel Foucault. Elle est théorisée d'une manière méthodique par le Britannique Nikolas Rose dans *Foucault and the political reason. Liberalism, neo-liberalism, and rationalities of government* (avec Andrew Barry et Thomas Osborne), University of Chicago Press, 1996, et *Powers of Freedom. Reframing political thought*, Cambridge University Press, 1999. En France, Renaud Epstein est le premier à avoir appliqué de manière méthodique cette idée à la dernière orientation de la politique de la ville, cf. « Gouverner à distance », *Esprit*, novembre 2005. Nous reprenons son analyse en y associant quelques nouveaux éléments.

tout en diminuant la surface de son impact. Telle est d'ailleurs l'histoire du pouvoir, celle de son « économie », qui n'est pas sans rapport avec le pouvoir de l'économie. Michel Foucault l'a bien démontré d'une manière générale [24]. Pour saisir cette progression « qualitative » de l'art de gouverner, il faut faire défiler rapidement le film qui conduit, dans le domaine qui nous occupe, de l'époque de l'État modernisateur des années 50 et 60 à celle que nous vivons. Selon l'analyse de Renaud Epstein, il commence par une forme de « gouvernement central du local », qui caractérise la période de l'État modernisateur des années 50 et 60. Puis il évolue vers une formule « contractuelle » avec la première loi de décentralisation. Enfin, cette formule se trouve remise en question par la politique de « discrimination positive territoriale », qui suscite l'apparition d'un gouvernement « par indices », première modalité du « gouvernement à distance » dont les traits apparaissent avec les deux dernières lois votées en la matière, celle dite de « Solidarité et de renouvellement urbains » (2000) et celle relative à la rénovation urbaine (2003) que nous avons déjà évoquées [25].

À l'époque de la « modernisation de la société par l'urbain » correspond la formule du « gouvernement central du local » (Renaud Epstein) [26]. Cette expression désigne la situation de quasi-tutelle où se trouvent les collectivités locales par rapport à l'État durant la première période, qui

24. Jacques Donzelot, « Michel Foucault et l'intelligence du libéralisme », *Esprit*, « Des sociétés ingouvernables ? », novembre 2005.

25. Cf. Thierry Oblet, *Gouverner la ville*, *op. cit.*

26. Cf. le numéro d'*Esprit*, « Des sociétés ingouvernables ? », *op. cit.*, qui réexamine les cours de Michel Foucault de 1978 et 1979 sur la « gouvernementalité » et propose une application de cette notion aux politiques urbaines en France.

va de 1955 à 1975 : tutelle des administrations classiques sur les collectivités locales assurée par les préfets et surtout les directions départementales de l'équipement, lesquelles relayent auprès des élus les normes édictées en matière d'urbanisme et de logement par les ingénieurs des Ponts et Chaussées. L'emprise de cette infanterie d'État sur les collectivités, que représentent les services déconcentrés, reçoit alors un renfort tout nouveau avec cette cavalerie légère que constituent les administrations de « mission » : Commissariat au Plan et DATAR.

Autant l'administration classique, dite de gestion, est réactive, rétroactive même, au sens où elle se trouve chargée de vérifier la conduite des élus locaux en fonction de normes juridiques déjà instituées et renvoyant à des certitudes inscrites dans la tradition de la République, autant l'administration de mission se montre « pro-active », orientée vers le futur, volontaire, appuyée sur un raisonnement prospectif et non rétrospectif. L'attitude rétroactive consiste à « regarder l'avenir dans un rétroviseur », selon une formule forgée à l'époque par Gaston Berger, l'inventeur de la notion de prospective. À l'inverse, l'attitude pro-active fait fi de la rétrospective pour s'appuyer sur des visions volontaires du futur, et cela afin de se donner une prise sur les évolutions à venir. C'est cette administration de mission qui pense l'urbanisation : elle crée des pôles d'équilibre pour compenser l'attraction trop exclusive de Paris. On l'appelle aussi « administration consultative », manière de dire que, pour orienter l'action, elle ne s'autorise pas uniquement de sa vision volontaire, et encore moins de celle des élus locaux, désignés alors par le terme quelque peu péjoratif de notables et accusés de freiner le mouvement ; elle se réclame bien plutôt des syndicats, des associations, tous et toutes parés alors du beau nom de « forces vives de la nation ». Avec ceux-là et celles-ci, l'État forme une force nouvelle qui se dresse en face des élus locaux, une force propre à les entraîner sur le chemin de la modernité. En cela d'ailleurs résidait la première visée de ce mode de « gouvernement central du local » : substituer l'élu entrepreneur à l'élu notabiliaire, le convertir à la modernisation, l'amener à penser sa ville comme l'État planificateur pensait la nation. Et c'est grâce à cette emprise directe de l'État modernisateur sur les élus locaux que « les grands ensembles » vont voir le jour.

Il ne s'agissait pas d'une idée neuve à proprement parler au début de cette période 1955-1975. L'expression même de « grand ensemble » apparaît pour la première fois en 1935 dans une revue intitulée *L'Architecture d'aujourd'hui*. On pensait bien déjà en ce temps-là que seuls les logements collectifs seraient à hauteur de la demande en habitat urbain qu'appelait l'exode rural. Mais sa mise en œuvre avait tardé. Elle n'intéressait guère les promoteurs, qu'une limitation durable du prix du loyer depuis 1916 (conçue pour soutenir les familles de soldats au départ, puis maintenue en raison des difficultés politiques à lever cette limite) décourageait d'investir. Par ailleurs, on redoutait les regroupements massifs et on leur préférait, d'un point de vue moral, l'acquisition de la propriété individuelle – même si cette stratégie paraissait des plus irréaliste.

C'est le baby-boom de l'après-guerre venant s'ajouter à l'exode rural qui a forcé la classe politique à se lancer dans cette démarche, à en faire même le rêve de l'État modernisateur des années 60 [27]. Un rêve qui associe la création de

27. Sur toute cette époque modernisatrice, voir Thierry Oblet, *Gouverner la ville*, *op. cit.*

métropoles d'équilibre à celle des grands ensembles. Ils ont pu être réalisés grâce à l'institution, en 1955, d'une Société centrale pour l'équipement du territoire (SCET), solution technique trouvée alors pour permettre l'utilisation de l'argent de la Caisse des dépôts et consignations qui « dormait » ; l'emploi de cet argent servira à financer la construction, en association avec des capitaux privés rassurés par ce rôle prépondérant de l'État. Des sociétés d'économie mixte dépendantes de cette SCET proposaient aux maires d'édifier sur leurs communes des grands ensembles, et même de se charger de tout, du financement comme de la conduite des opérations. Les élus ne pouvaient qu'acquiescer à cette occasion d'entrer dans la modernité, de donner à voir, à l'entrée de leurs villes, ces figures architecturales à l'orthogonalité catégorique, pures affirmations de la volonté de l'État sur un territoire arraché aux torpeurs du passé [28].

Une transition : le temps des contrats

Après cette période volontariste, vint le temps de la politique de la ville des années 80 et 90, à laquelle se trouve associée *une nouvelle formule de gouvernement, celle du contrat*, appuyée sur un mode également nouveau d'administration, les administrations de mission du « deuxième type ». Le contrat devint une manière de désigner l'adaptation locale de normes centrales à travers l'élaboration de projets qui devaient résulter de la confrontation des administrations locales de l'État avec celles des élus. La norme se fait contractuelle : « Les normes et les règles n'ont pas dis-

28. *Ibid.*

paru, mais leur adaptation a été érigée en règle. On est ainsi passé d'une normalisation assouplie par l'arrangement implicite – des préfets avec les notables – à une négociation explicite des normes dans le cadre de projets territoriaux [29]. »

Pour mettre en œuvre cette politique, les administrations consultatives des années précédentes, symbolisées par le Commissariat au Plan et la DATAR, n'étaient plus de mise. Elles dégageaient une autorité très technocratique qui se légitimait par la seule pratique de la consultation ; laquelle, comme on le sait bien, n'engage que les consultés. Dès lors que l'on cherchait non plus à imposer une modernisation aux élus, mais à les impliquer directement dans l'action, à les transformer en protagonistes de celle-ci, en partenaires à parts égales de l'État, il parut rapidement nécessaire au gouvernement de créer un nouveau type de missions, en l'occurrence des missions capables de susciter la coproduction de l'action par les élus, les services locaux de l'État et les habitants. Le meilleur modèle de ces « missions du deuxième type » fut sans doute la Délégation interministérielle à la ville (DIV), chargée d'animer cette action contractuelle entre État et collectivités locales [30].

Pourquoi les élus locaux, enfin maîtres chez eux, devenus même pour la plupart des « *city managers* » et non plus des notables, furent-ils intéressés par cette procédure contractuelle, qui les amenait à prendre en compte les préoccupations nationales et non leur seul intérêt local ? La question peut paraître de pure forme si l'on considère que beaucoup

29. Renaud Epstein, « Gouverner à distance », in *Esprit*, « Des sociétés ingouvernables ? », *op. cit.*

30. Sur ce passage des administrations modernistes des années 60 aux « missions du deuxième type », Cf. Jacques Donzelot, Philippe Estèbe, *L'État animateur*, *op. cit.*

d'élus locaux sont aussi des élus nationaux. Mais elle renvoie de fait à une répartition de l'ordre des préoccupations entre le local et le national, ainsi qu'à l'intérêt bien compris d'un arrangement entre les deux parties.

Les élus locaux se préoccupent de développer l'attractivité économique de leurs communes, donc l'image de celles-ci. L'État se soucie, lui, de la cohésion sociale, des problèmes de solidarité qui surgissent et que manifestent les émeutes dans les cités. Le compromis entre les deux échelons s'opère à travers le souci de l'impact négatif qu'ont les quartiers dégradés pour l'image de la ville.

S'agissant tout d'abord des maires, il faut bien voir que c'est à proportion de leur montée en capacité politique, de leur investissement croissant dans la vie économique de leurs cités, qu'ils vont se trouver amenés à concentrer leur intérêt sur la question des grands ensembles. Cette fois, les ensembles en question ne valent plus comme des signes de modernité mais comme autant de préjudices pour leurs communes. Ils nuisent à l'attractivité de la ville dès lors que l'activité économique ne repose plus sur la disposition d'une masse de travailleurs peu ou pas qualifiée, mais sur une population de techniciens très qualifiés, sur la présence de pôles techniques et scientifiques qui vont à présent incarner la modernité... exactement comme les grands ensembles avaient pu le faire vingt ans auparavant. Peuplés à présent de pauvres et d'immigrés, ceux-ci portent plutôt préjudice à l'image de la ville que les maires veulent promouvoir. De surcroît, leurs habitants ne constituent plus une réserve électorale sûre. Ils votent moins et de plus en plus mal du fait de la propension à l'abstention des Français issus de la deuxième génération de l'immigration, et de l'orientation vers l'extrême droite des Français de souche qui se trouvent relégués dans ces quartiers ou à leur proximité.

Du point de vue national, il était cependant impossible de laisser les maires tenter de se décharger du fardeau de cette population sur les communes voisines sans que cela engendre entre eux une rivalité nuisible. Que faire alors ? Précisément ceci : un contrat, une transaction entre le devoir de solidarité de l'État et l'intérêt bien compris des élus. Il y allait de la possibilité, pour le premier, d'assurer sa mission et, pour les seconds, du moyen de « faire la part du feu », de faire donc du social avec l'État à l'aide de ses financements et de pouvoir réserver leurs moyens propres aux choses sérieuses, à savoir, l'accroissement de leur attractivité économique, l'amélioration de l'image de leur ville. Les élus sont d'accord pour œuvrer à l'intégration des immigrés… dans ces grands ensembles dont on va améliorer l'image, dans lesquels on va veiller à ce que les habitants bénéficient d'une meilleure qualité de vie, d'un accès aux droits de toutes sortes, mais sur place, afin précisément qu'ils ne perturbent pas la ville, ni son image, ni une population faite d'autochtones déjà inquiets pour leur sécurité, leur emploi, la qualité de la scolarité de leurs enfants.

Il ne s'agit pas de suggérer par là que les élus locaux étaient des personnages cyniques, mus par leur intérêt électoral exclusif, tandis que « l'État » aurait été le seul vrai gardien de la solidarité, par la vertu de ses hauts fonctionnaires, vigiles éclairés par leur sens de l'intérêt général. Il y allait plutôt d'une répartition des rôles dans le cadre de l'entrée de la société dans le contexte de la mondialisation. Aux élus incombait la charge de veiller à la compétitivité de leur cité par rapport à leurs rivales françaises et étrangères. Aux missions nouvelles créées par l'État comme la Délégation interministérielle à la ville, il appartenait de compenser les effets de cette compétition sur la population qui en ressentait le plus négativement les effets, en l'occurrence celle composée des personnes sans qualification, qui se trouvaient de plus en plus abandonnées sur place par le cours de l'économie. Le contrat passé entre l'État et les maires revenait donc, pour l'essentiel, à satisfaire le souci des partenaires : pour le premier, que cette population ne se sente pas abandonnée par la nation, pour les seconds, qu'elle ne porte pas préjudice à l'image de la ville par sa désolation ou sa violence.

Du contrat au « gouvernement par indices »

Heureuse manière d'utiliser la décentralisation à une politique d'État, la pratique contractuelle va toutefois révéler ses limites au fur et à mesure que ses objectifs s'élargiront, lorsque l'action visera à compenser méthodiquement les déficits de ces territoires dits « sensibles ». La contractualisation apporte, certes, de la souplesse dans la décision, mais, d'une certaine manière, trop pour que l'on puisse s'appuyer exclusivement sur elle lorsqu'il s'agit de mettre en place des mesures de discrimination positive territoriale. Car la dérogation ne souffre pas l'imprécision. Il faut une règle, et une règle appuyée sur des données objectives si l'on veut éviter que ce qui est accordé ici et refusé là ne se trouve contesté.

Comment établir cette règle ? L'administration de l'Éducation nationale, qui disposait de nombreuses données sur la composition sociale des élèves par établissement et aussi, bien évidemment, sur les résultats scolaires, n'a pas eu trop de difficultés à déterminer un découpage objectif de la géographie prioritaire concernant son domaine. Les enseignants des établissements classés en ZEP (zones d'éducation prioritaires) auront ainsi droit à des primes et à un avancement de carrière plus rapides que leurs collègues non situés dans ces zones. Mais pour la politique de la ville *stricto sensu*, la délimitation précise des zones défavorisées devint une question majeure en 1991. Il fallut que la Délégation interministérielle à la ville s'allie avec l'INSEE pour identifier des indicateurs (les jeunes de moins de vingt-cinq ans, les chômeurs de longue durée et le pourcentage d'étrangers) à partir desquels il était possible d'opérer un découpage des territoires qui puisse prétendre légitimement à un traitement dérogatoire du droit commun.

La question se compliqua encore plus avec le Pacte de relance de la politique de la ville initié par Alain Juppé en 1996 qui entendait accorder des exonérations aux zones défavorisées en proportion exacte de l'écart où elles se trouvaient par rapport à la moyenne des quartiers, de façon à les ramener à ce niveau moyen. Pour prendre la mesure d'un tel écart, on ne pouvait se contenter de quelques indicateurs. Il fallait produire une lecture incontestable du besoin d'une action compensatrice quant à l'emploi. L'indice synthétique d'exclusion, créé en la circonstance, permit ainsi de passer « d'une conception relative de l'exclusion socio-urbaine à sa version absolue [31] ». Grâce à cet indice, on parvint à définir les zones franches urbaines, les plus démunies, celles où les entreprises bénéficièrent d'exonérations d'impôts sur les bénéfices et de charges

31. Pour l'analyse du recours aux indicateurs et indices dans la politique de la ville, voir Philippe Estèbe, *L'Usage des quartiers. Action publique et géographie dans la politique de la ville, 1982-1999*, Paris, L'Harmattan, 2004.

sociales. Les zones dites « de redynamisation urbaine », moins atteintes, eurent droit à la seule exonération sur les bénéfices. Enfin, les « simples » zones urbaines sensibles bénéficièrent, pour leur part, du seul accès aux aides exceptionnelles à la vie associative – au titre de la politique de la ville.

On voit comment cette méthode du *gouvernement par indices* a sournoisement miné celle du contrat et préludé à l'instauration du « gouvernement à distance ». Car elle sapait le principe même de la contractualité, cette idée selon laquelle l'effort de l'État et celui de la collectivité étaient négociables. À travers la discrimination positive territoriale, l'État reprend d'une certaine manière son autorité sur les territoires, sur ceux du moins qui appellent son attention particulière, mais par le biais d'un savoir incontestable qui lui permet de doter ces territoires d'avantages particuliers. Cette démarche procédant par identification de sites sera reprise – poursuivie plutôt – par l'Agence nationale pour la rénovation urbaine (ANRU) en 2003. Le point de départ de celle-ci sera en effet la désignation des quartiers nécessitant à coup sûr une intervention massive, et ce à partir d'un savoir établi centralement. La Délégation interministérielle à la ville deviendra elle-même un pur et simple observatoire, destiné à suivre l'amélioration de la situation sur l'ensemble des zones défavorisées afin d'évaluer l'action conduite sur ces territoires.

Vers l'« action à distance »

Pourquoi laisser entendre qu'il y va de plus en plus d'un abandon de fait de la politique contractuelle de l'État alors que l'on entend ses services parler de contrat comme s'il s'agissait d'un langage destiné à se pérenniser ? Alors que, face à chaque problème, on entend la classe politique annoncer la création d'un contrat, pour l'emploi, pour la sécurisation des trajectoires professionnelles, pour la sécurité locale et tant d'autres sujets ? Pourquoi ce recours illimité à la notion de contrat si elle se trouve périmée ? Parce que la fonction rhétorique d'une expression peut, à l'évidence, se déployer indépendamment de tout contenu effectif. La méthode contractuelle a été, pour l'État, durant les années 80 et 90, une manière d'associer les collectivités locales à son action, dans le nouveau contexte créé par la décentralisation, d'inventer, disions-nous, en ce temps, « un bon usage de la décentralisation [32] ». « Bon usage » jusqu'à quel point ? La pratique des contrats de ville pendant les années 90 révéla progressivement les limites de l'exercice. Pour les administrations centrales de l'État, l'effort d'adaptation revenait à créer un « produit » destiné spécifiquement aux quartiers relevant de la politique de la ville, que ce soit en matière scolaire, sportive, culturelle, économique… puis à le vendre aux communes. Tandis que, pour ces dernières, l'enjeu était d'obtenir le maximum de ces produits tout en gardant la maîtrise des ressources budgétaires correspondant au contrat. De sorte que la préparation d'un contrat de ville ressemblait moins à un débat, et encore moins à un débat public, qu'à un marché où chaque partie s'employait à garder la maîtrise de ses financements sous les dehors de concessions accordées d'un côté et récupérées de l'autre. Toute « ponction » effectuée au titre de cette politique sur les crédits d'une administration se devait d'être « récupé-

32. Soit le titre du dernier chapitre de *L'État animateur*, *op. cit.*

rée» à un autre titre. Par exemple, les crédits dérogatoires dus par chaque administration au titre des quartiers défavorisés justifiaient parfois la non-attribution des crédits de droit commun dans les sites concernés[33]. Y a-t-il une persistance fatale de ces logiques de patriotisme de service? Sont-elles inscrites dans les gènes de l'État d'une manière irréductible? L'expérience révèle au moins ceci que les agents de l'État peuvent difficilement jouer à la fois le rôle de vérificateurs de la norme et celui de concepteurs de projets, avec la liberté d'imagination que nécessite cette attitude. Ce jeu en contre-pied permanent entre les services de l'État et les responsables locaux élus a atteint ses limites. Parler de contrat est un abus de terme. Entre l'État et les communes, il fallait inventer une règle du jeu moins hypocrite.

Pourquoi alors parler d'action à distance pour désigner le nouveau mode d'intervention de l'État qui apparaît au début du XXIe siècle et qui paraît surtout relever de la restauration de son autorité? Pourquoi cela, alors que, à travers le thème de la mixité sociale, la politique de la ville se fait justement de plus en plus impérieuse? La loi SRU[34], votée en 2000, renforce et durcit l'exigence de la «loi d'orientation pour la ville[35]» de 1991. La «loi sur la rénovation urbaine» de 2003 définit rigoureusement les quartiers justifiant des opérations de démolition/rénovation de grande ampleur, et elle consacre un budget d'une ampleur inédite à ce sujet. La loi Chevènement elle-même, de 1999, relative aux éta-

33. Voir Jacques Donzelot et Philippe Estèbe, «Réévaluer la politique de la ville», *in* Richard Balme, Alain Faure, Albert Mabileau (dir.), *Les Nouvelles Politiques locales*, Paris, Presses de Sciences Politiques, 1999.

34. Loi 2000-1208 du 13 décembre 2000 relative à la solidarité et au renouvellement urbain.

35. Loi d'orientation pour la ville du 13 juillet 1991.

blissements publics de coopération intercommunale (EPCI), pousse fortement les communes qui désirent bénéficier d'une meilleure maîtrise des taxes locales et des aides de l'État à s'unir pour lutter contre l'« apartheid social ».

La dimension d'action à distance, en fait – et on le voit bien au seul énoncé de ces lois –, tient à ceci : qu'aucune de ces lois ne prescrit impérieusement aux élus ce qu'ils doivent faire, ni même ne les engage dans une procédure contractuelle avec les services de l'État. Tout devient affaire de pénalisations et de récompenses selon un mode de gouvernement utilitariste, au sens anglo-saxon du terme, qui prend appui sur l'autonomie des élus, ou qui la renforce même considérablement avec la seconde loi de décentralisation, et de moins en moins sur les services de l'État, d'autant que ceux-ci perdent, en août 2001, avec la loi organique relative aux lois de finance (LOLF), toute maîtrise dans la définition des programmes de l'État : celle-ci devient l'affaire du Parlement, et de lui seul. L'action à distance, c'est l'action qui s'adresse du gouvernement aux élus locaux et transite d'une manière plus formelle que vraiment contraignante par les administrations centrales de l'État et ses services locaux. À distance, cela signifie par la seule émission de « signaux » qui offrent les moyens de conduire une action dont les conditions (et les résultats) font l'objet d'un examen, mais non la conduite ni le contenu précis de celle-ci.

Accroître la panoplie des peines et des récompenses afin de s'en servir pour responsabiliser les élus locaux par rapport à la politique voulue par le gouvernement, et cela en ne s'embarrassant plus d'agir à leur place ou de contracter avec eux : voici la troisième et dernière tendance de la politique de la ville quant à ses modalités d'action. L'obligation faite aux communes situées dans une agglomération de construire 20 % de logements sociaux ? Mais elle n'est qu'une incitation assortie d'une pénalisation sous forme d'amende. Les communes peuvent choisir entre le logement social et une amende. Elles sont autonomes, donc responsables. Bien sûr, la loi SRU stipule que le préfet peut se substituer à l'élu indocile et exercer un droit de préemption au nom de l'État sur les terrains en vente. Mais aucun ne se risque à entreprendre pareille démarche, propre à ruiner ce qui lui reste d'influence locale.

La loi relative à la rénovation urbaine désigne avec rigueur les quartiers susceptibles d'opérations financées par l'Agence nationale de rénovation urbaine. Mais aucune des communes concernées n'est tenue de se lancer dans ces opérations ! Et aucune, non plus, n'est dissuadée de le faire, la loi dotant ladite Agence d'une réelle latitude d'appréciation des communes destinataires de son action. Tout au plus la loi agit-elle comme l'annonce faite aux élus de ces communes que leurs projets peuvent être récompensés par un financement de l'Agence s'ils sont conformes aux attentes de celle-ci, c'est-à-dire si les élus s'engagent à « changer l'image du quartier » et, pour cela, à effectuer d'abord suffisamment de démolitions.

Comment qualifier l'Agence nationale pour la rénovation urbaine mise en place par la loi Borloo pour piloter cette politique ? Comment la définir par rapport aux deux précédents types d'administrations qui ont œuvré sur ce terrain de l'urbain depuis les années 50 ? Elle n'a rien à voir avec les administrations de mission du premier type, qui, pour l'essentiel, se substituaient aux élus, au titre d'une compétence particulière sur le plan technique que ne possédaient pas les communes et par la disposition des moyens financiers *ad hoc*. Rien de commun non plus avec les missions du deuxième type, qui jouaient un rôle d'interface entre les administrations centrales et les collectivités locales. Ces missions étaient animées par des fonctionnaires en détachement des différents secteurs administratifs concernés par la politique de la ville. Interface, la Délégation interministérielle à la ville ne disposait pas directement du financement destiné à cette politique, lequel restait sous commande des administrations sectorielles (au motif, à l'époque, que cela faciliterait leur implication dans la nouvelle politique, hypothèse qui pouvait paraître crédible mais qui se révéla totalement erronée). Elle s'occupait seulement de faire entendre aux élus locaux les « priorités de l'État » afin qu'ils se concertent avec les services locaux de celui-ci pour qu'ensemble ils produisent un projet, objet du contrat, lui-même cofinancé par l'État et les collectivités locales.

Avec l'Agence nationale de rénovation urbaine, on peut dire que s'inventent les « missions du troisième type ». Il s'agit d'une instance beaucoup plus détachée des administrations que ne l'était la Délégation interministérielle à la ville. Elle n'est pas tant transversale par rapport à toutes les administrations qu'adjacente à l'État, proche, très proche de lui, mais distincte, dans la mesure même où l'État et ses services ne disposent pas de la majorité dans son comité décisionnel (au grand dam d'ailleurs des administrations centrales, qui voient en cela une hérésie). Les partenaires sociaux (Medef et syndicats de salariés), la Caisse des dépôts, les bailleurs sociaux (à travers l'Union sociale pour l'habitat, appellation de rechange de l'ancienne Union nationale des HLM destinée à gommer ce dernier mot dont les bailleurs pensent qu'il est devenu nuisible à leur image) et la direction nommée par le gouvernement « pèsent » plus que les représentants de l'administration centrale (la Direction de l'habitat, de l'urbanisme et de la construction, ainsi que la Délégation interministérielle à la ville) au sein de ce comité. De surcroît, l'Agence en question dispose directement de l'argent qu'elle attribue aux communes déposant des projets qui conviennent à la mission que le gouvernement lui a confiée. Soit un double détachement, qui fait que l'on peut parler d'une « désétatisation de la gouvernementalité », si l'on veut reprendre le vocabulaire des *governementality studies* qui développent les analyses foucaldiennes du gouvernement à distance.

L'Agence nationale de rénovation urbaine constitue donc une figure d'avant-garde de ces organismes qui caractérisent les formes néo-libérales de gouvernement, observables aux États-Unis, mais aussi dans nombre de pays européens, dont, d'abord et bien sûr, le Royaume-Uni. Dans ce domaine des politiques en direction des zones urbaines défavorisées, l'un des exemples phares a été aux États-Unis le programme « Empowerment zones / Enterprise community » lancé par Bill Clinton en 1992. Ce programme remplace la politique des zones franches en faisant attribuer, par le biais d'une agence gouvernementale, des sommes relativement élevées à des projets présentés par les villes, sur des territoires allant de 50 000 à 200 000 habitants, et ce afin d'y faciliter l'installation d'entreprises, mais aussi la formation du personnel ainsi que nombre d'autres éléments, y compris des officines culturelles. En Grande-Bretagne, le programme « City challenge » correspond au même schéma pratique gouvernemental.

Peut-on alors estimer que l'Agence de rénovation urbaine constitue un pur produit néo-libéral ? Non, car la loi Chevènement[36] sur les intercommunalités ne fait elle aussi, quel que soit le républicanisme farouche de son auteur, que jouer sur un système d'avantages… ou de désavantages pour les communes qui s'engagent dans la démarche de construction d'une politique d'agglomération. Les aides à la pierre, prérogatives des seuls conseils généraux, sont transférées aux communes lorsque celles-ci constituent un EPCI. De sorte que la loi Chevènement responsabilise les communes au nom de leur autonomie et au prix d'un désinvestissement du rôle de l'administration et d'une récupération, par le gouvernement, du rôle d'impulsion.

36. Loi du 12 juillet 1999.

III

Une politique *pour* la ville

qui facilite la mobilité, élève la capacité de pouvoir des habitants et unifie la ville

Comment expliquer que cette politique de la ville se solde par un échec retentissant, qu'elle se soit trouvée confrontée, avec les « nuits de novembre 2005 », à des manifestations émeutières beaucoup plus violentes et déterminées que celles qui avaient présidé à son inauguration en 1981, ou même que celles, plus étendues encore, qui avaient provoqué sa relance en 1991 ? Sans doute ces émeutes ne furent-elles pas dirigées explicitement contre cette politique. De cible explicite, elles ne se sont donné, vraiment, que les propos du ministre de l'Intérieur, sa trop virile manière de traiter les jeunes de ces quartiers avec les mots qu'eux-mêmes utilisent pour se qualifier avec dérision – c'est-à-dire l'humour en moins et l'autorité de l'État en plus. Elles n'ont pas visé spécialement le ministre de la Ville, de la Cohésion sociale et du Travail. Elles l'ont plutôt ignoré. Mais cette ignorance même peut paraître significative. Car si le ministre de l'Intérieur a réussi à enflammer les banlieues, c'est aussi parce que celui de la Ville n'a pas réussi à donner corps à une espérance pour ceux qui vivaient dans les banlieues défavorisées. Ce n'est pas faute d'un budget important qu'il avait arraché au prix d'âpres négociations. Ce n'est pas faute d'avoir déployé sans compter son d'énergie, y compris – et d'abord, diront peut-être certains – dans les médias, pour y expliquer la nouveauté et la vigueur de sa politique. Mais tout s'est passé comme s'il n'avait rien fait, rien dit. Ou plutôt comme si ce qu'il avait fait et dit ne concernait pas les principaux intéressés, ne les prenait pas en compte directement, ne les désignait pas comme l'objet de son souci.

La politique de développement social des quartiers, celle qui avait marqué les années 80, avait perdu la partie en 1990, lorsque les jeunes de Vaulx-en-Velin détruisirent les fameux murs d'escalade destinés à les occuper sagement. Ils avaient ainsi fait savoir qu'« on ne les aurait pas » en « dorant le ghetto », selon une expression qu'affectionnent les Américains pour désigner les politiques plus cosmétiques qu'efficaces. Mais que peut-on bien reprocher à celle qui a suivi, avec Jean-Louis Borloo, et qui, à l'évidence, ne se contentait pas de dorer la cage, mais visait bien à la casser ? Peut-être bien ceci que cette politique veut briser la cage… pour ne plus voir ceux qui l'occupent, ceci également qu'elle s'occupe plus des murs que des gens, qu'elle en donne en tout cas suffisamment l'impression pour que la population destinataire de son action ne se sente pas positivement prise en compte.

Que reprocher donc à cette politique *de* la ville, au visage qu'elle présente aujourd'hui, à l'exigence de mixité sociale qui lui fournit sa philosophie, à la rénovation urbaine massive qui constitue sa pratique la plus aboutie, à son mode de gouvernement par une formule d'agence légère traitant directement avec les communes ? Rien dans le principe, tout dans la méthode. Mais tout est peut-être dans la méthode, y compris la possibilité que la ville forme un tout, c'est-à-dire un ensemble ouvert et fermé à la fois, qui attire et qui rassure, qui rassure tous ceux qui y vivent et leur permette de se mouvoir, dans la ville et dans leur vie. Pourquoi brandir si orgueilleusement la volonté d'imposer la mixité sociale quand celle-ci se traduit surtout par une dispersion des plus pauvres et une offre améliorée pour les classes moyennes ? À ce compte-là, ne vaut-il pas mieux faciliter la mobilité qu'imposer la mixité ? À quoi bon rénover les lieux et les habitations si l'on n'en profite pas pour élever la capacité de pouvoir des habitants dans leurs quartiers et sur leur ville ? À quoi bon inventer un mode de gouvernement incitatif à l'égard des communes si celles-ci œuvrent en ordre dispersé, si l'on n'en profite pas pour pousser à une réunification de la ville, capable d'enrayer son étalement et ses fractures ?

La ville de Clichy-sous-Bois, où ont démarré les « nuits de novembre », illustre parfaitement la triple faiblesse de cette politique. La mixité sociale ? C'est, bien sûr, le souhait de tous dans cette ville, une manière même de dire leur désir qu'elle soit une ville. Mais quiconque y a pénétré comprend très vite que le premier problème de Clichy-sous-Bois n'est pas la mixité, mais la mobilité, ou plutôt la possibilité d'accéder aisément à de grandes voies de circulation et de métro. Très mal desservie, cette ville enlise ses habitants dans un territoire dont les accès paraissent désespérément éloignés. Alors, comment attirer une population plus aisée ou même retenir ceux dont le niveau de vie s'améliore ? Ceux qui restent sont uniquement ceux qui ne peuvent pas partir. D'un recensement à l'autre, la population se renouvelle de moitié. À peine arrivé, on songe à repartir dès que l'on en aura les moyens. Le maire, Claude Dilain, nous explique qu'il rêve, très modestement, « que la population puisse faire, au moins, une partie de son parcours résidentiel dans sa commune». Cette mobilité intra-communale est effectivement la condition d'une mixité sociale réelle bien plus que le rêve d'une mixité «imposée» qui passerait par l'éjection de ceux qui y stagnent et jouent le rôle de repoussoir. Une rénovation ne peut-elle être plutôt l'occasion de l'élévation du pouvoir des habitants sur leur cadre de vie et sur leur vie elle-même ?

Les consultations prévues par la loi de rénovation urbaine sont plus épuisantes que productives. Même lorsque les élus s'y adonnent sérieusement, comme c'est le cas à Clichy-sous-Bois. Elles ne suscitent pas la moindre dynamique, bien plutôt d'infinies complaintes. Aussi faudrait-il assortir les opérations de rénovation de formules de participation plus ambitieuses que celles de l'information et de la consultation si l'on veut produire un changement dans l'attitude des habitants vis-à-vis de leur cadre de vie.

Responsabiliser les élus en jouant sur leur autonomie ? À quoi bon si cela revient à entériner l'iniquité des ressources des communes. L'absence quasi totale de solidarité entre les communes d'Île-de-France rend dérisoire une responsabilisation qui ne corrige pas «l'égoïsme» des élus locaux eu égard au niveau de richesse de leurs communes [1].

Faciliter la mobilité plutôt qu'imposer la mixité, élever la capacité de pouvoir des habitants à la faveur de la rénovation, réunifier la ville en la démocratisant : voilà les trois orientations que nous allons présenter comme autant de

1. Cf., entre autres, l'article «Financièrement, les villes riches d'Île-de-France sont de moins en moins solidaires des communes pauvres», *Le Monde*, 13-14 novembre 2005, p. 7.

moyens susceptibles de transformer la politique *de* la ville en une politique *pour* la ville.

Faciliter la mobilité plutôt qu'imposer la mixité

Que reprocher au principe de mixité sociale dans l'habitat ou par l'habitat ? Rien, sinon qu'elle constitue, en France, plus l'objet d'une croyance que d'un savoir, ou plutôt, d'une croyance quant au savoir qui fonde celle-ci, qui lui attribue des bienfaits d'une évidence telle qu'elle ne devrait pas même avoir à faire l'objet d'une démonstration. On croit savoir, en quelque sorte : étrange mixture que celle qui résulte de l'union entre la croyance et le savoir. On peut respecter la croyance. On doit s'incliner devant le savoir à raison de l'humilité qui fonde son mode de production. Mais que penser d'un croire-savoir ? Que dire d'un tel régime de certitude qui fait se cautionner mutuellement deux régimes de vérité par nature totalement opposés ? Ceci au moins qu'il convient de le suspecter, non parce qu'il véhiculerait forcément des erreurs, mais parce qu'il interdit de discuter ou de vérifier d'une manière savante ce qui est affirmé sur le mode de la croyance, parce qu'il fusionne le savoir scientifique et la certitude de la foi en un ensemble figé. En l'occurrence, il suffit de considérer l'usage de cette croyance savante dans les opérations les plus simples de la vie urbaine pour s'apercevoir qu'il peut aussi bien désigner une chose que son contraire.

La mixité sert, en effet, comme un passe-droit pour justifier n'importe quelle opération dès lors qu'elle modifie la composition sociale d'un quartier dans un sens ou dans un autre, mais surtout dans un sens plutôt que dans l'autre…

Au nom de la mixité sociale, on parle, en effet, plus souvent de la nécessité d'introduire des classes moyennes là où il y a trop de classes populaires que l'inverse. Et surtout, on y réussit mieux. La mixité sociale sert beaucoup, par exemple, à justifier les politiques conduites par des équipes municipales qui entreprennent la « reconquête » de leur centre-ville en faisant jouer leur droit de préemption sur toute maison mise en vente afin de la réhabiliter et de la remettre sur le marché de l'accession ou de la location à un niveau de prix très supérieur à l'ancien et dissuasif pour une clientèle trop peu favorisée. Le plus souvent, cette reconquête trouve sa raison d'être dans « l'invasion » du centre en question par des commerces ethniques qui dévalorisent le foncier des rues adjacentes et provoquent le déclin des boutiques « ordinaires », ainsi que le départ des classes moyennes vers les villages environnants où elles éviteront les voisinages déplaisants et pourront, de surcroît, s'offrir une piscine privée. Rien là de vraiment condamnable si l'on considère que l'attractivité d'une ville, quelle que soit sa taille, dépend de l'image de son centre. Il y va d'une « lutte des lieux », d'une lutte pour la maîtrise d'un lieu entre une majorité endormie et une minorité envahissante [2]. Rien sauf que cette lutte pour le contrôle des lieux, bien évidemment inégale, ne dit pas son nom et surtout que les élus, se drapant dans la référence à la mixité sociale, font l'économie de toute réflexion sur le destin des minorités ethniques en question dont on sait bien que la promotion

2. Un bon exemple de la lutte des lieux est l'opération « Cœur de cité » conduite par la municipalité de Carpentras. Sur l'expression de « lutte des lieux » qui remplacerait la lutte des classes, voir les analyses d'Alberto Magnaghi et leur reprise par Olivier Mongin, *La Condition urbaine. La ville à l'heure de la mondialisation*, Paris, Le Seuil, 2005.

passe plus aisément par le commerce que par la réussite scolaire [3].

Le même raisonnement vaut pour la fameuse gentrification des quartiers populaires des grandes villes. L'Est parisien en constitue l'exemple le plus connu. Les classes moyennes arrivent dans ces quartiers populaires où elles trouvent des logements – encore – accessibles, comme dans le Xe arrondissement. De ce quartier, elles apprécient le cachet populaire ou ethnique. Mais très vite seul reste, justement, le « cachet ». La réalité populaire et ethnique, elle, tend à disparaître. D'un recensement l'autre, on s'aperçoit que la majorité des habitants sont des nouveaux venus et appartiennent principalement aux classes moyennes supérieures. Le parc privé passe aux mains de celles-ci et les anciens habitants, souvent des professions intermédiaires, ne restent dans le quartier qu'en passant dans le logement social, quand il y en a, ce qui n'est guère le cas du Xe arrondissement. La « résistance » des arrondissements de cet Est parisien à la gentrification semble effectivement fonction des dimensions du parc social de chaque quartier. À tel point que, là où il domine, comme dans certains quartiers des XIIIe et XIXe arrondissements, c'est le phénomène inverse qui se produit : un départ accéléré des classes supérieures. Auquel cas il est convenu de parler, non pas de mixité sociale, mais de paupérisation [4].

3. Cf. les travaux d'Alain Tarrius. Entre autres, avec Lamia Missaoui, « L'École, le collège : y rester ou en sortir. La construction du potentiel de formation parmi les familles d'enfants gitans et maghrébins de Barcelone à Perpignan, Montpellier et Toulouse », recherche pour les ministères de l'Éducation et de la Justice, la DIV et le Fasild, mars 2005, publication électronique et ouvrage en nom propre chez Trabucaire.

4. Cf. l'intervention de Christophe Guilluy au séminaire « Polarisation sociale de l'urbain », PUCA, décembre 2004.

Moyen de résistance aux excès de la gentrification des quartiers populaires, le logement social est-il aussi efficace pour faire venir lesdites classes populaires dans les quartiers aisés ? Au nom de la mixité sociale, on crée, grâce à la loi SRU, des logements sociaux. Mais dans ce sens, ladite mixité se fait plus discrète et surtout se concrétise beaucoup plus difficilement. Le bilan de l'application du fameux article 55 de cette loi, qui fait obligation de construire 20 % de logements sociaux dans toutes les communes situées dans une agglomération de plus de 50 000 habitants sous peine de devoir payer une amende, apparaît des plus modeste[5]. D'une manière générale, les communes qui disposent déjà d'au moins 15 % de logements sociaux se montrent très enclines à combler l'écart qui les sépare de la norme des 20 % afin d'échapper à l'amende. L'effort à fournir est faible, certes, et puis l'image de la commune ne va pas s'en trouver changée. Tandis que celles qui se trouvent au-dessous des 10 %, et surtout celles qui en ont moins de 5 %, préfèrent majoritairement payer l'amende. D'autant que celle-ci ne paraît pas trop redoutable lorsqu'elle se trouve mise en balance avec le coût du foncier dans les communes peuplées par une population aisée. Le fameux article ne vient donc guère troubler la

5. Cette amende, de 150 euros par logement social manquant chaque année pour une commune relevant de la loi SRU, n'a rien de très dissuasif, d'autant que l'imprécision des textes rend possible un détournement de l'esprit de la loi. Ainsi, la Communauté du Grand Avignon (COGA), qui perçoit les pénalités infligées aux communes hors la loi, en a, en 2004, remboursé la moitié aux six communes contrevenantes, sans que cet argent n'ait été réaffecté à l'acquisition de foncier en vue de la construction de logements sociaux, ainsi que le prévoyait le texte de loi. Cf. le journal *La Provence*, les articles « Villeneuve, cancre du logement social » et « COGA : l'argent des pénalités devrait aller au logement », du vendredi 18 novembre 2005.

composition sociale des communes[6]. On dispose, certes, grâce à cette loi, de plus de logements sociaux dans un nombre plus grand de communes. Mais cet élargissement ne concerne pas, ou très peu, la population des grandes concentrations de pauvreté. Si une commune crée des logements sociaux, sous la pression de la loi SRU, c'est pour loger ses pauvres à elle, qui, souvent, le sont très peu, puisqu'ils sont le produit de la décohabitation de la population de ladite commune aisée. Même les enfants de familles aisées se trouvent au-dessous du plafond HLM quand ils sont étudiants. À cet effet de la décohabitation, il faut ajouter le souci de loger les enseignants, les infirmiers, le personnel de sécurité et de veille des personnes âgées. L'utilité de leur proximité constitue un argument majeur des maires déterminés à appliquer la loi en question. Il fait jouer l'intérêt des habitants en place, non l'objectif de déconcentration des communes comprenant 70 à 80 % de logements sociaux. Le préfet pourrait, certes, contraindre les communes aisées à accepter une politique de peuplement de leurs nouveaux logements sociaux en utilisant le fameux 1 % qui relève de son droit d'attribution pour imposer ces pauvres non souhaités. Mais il suffit, à présent, que les communes fassent partie d'un établissement public de coopération intercommunale (EPCI) pour que la structure d'intercommunalité à laquelle ils adhèrent hérite de cette latitude, et puisse, à son tour, la déléguer… aux maires de chaque commune[7].

La preuve, s'il en était besoin, de l'échec de la tentative de déconcentration de la pauvreté par les lois LOV puis

6. Premier bilan triennal, *in* « Logement et mixité sociale », séminaire des élèves de l'ENA sur le logement, mars 2005, disponible sur Internet.
7. *Ibid.*, p. 11.

SRU se trouve dans l'évolution de la composition sociale du parc HLM. Le niveau de revenu des habitants du parc n'a cessé de baisser depuis le début des années 80. La proportion de locataires dont les ressources sont inférieures au niveau médian des ménages français est passée de 41 % en 1973 à 68 % en 2002. Mais le plus important est que la mobilité entre le parc HLM et les logements privés diminue, et qu'il en va de même à l'intérieur du parc, entre 1999 et 2002, tandis que la demande extérieure apparaît en augmentation constante. En 2004, il y avait 1,3 million de demandeurs pour 480 000 logements, un tiers de ces demandeurs étant déjà logé dans le parc social. Rien donc, n'indique une quelconque résorption des situations de concentration.

On peut donc reprocher, au moins, au discours de la mixité sociale de ne pas répondre au problème dont il tire sa principale légitimité : les concentrations de pauvreté... et de servir plus souvent à justifier la récupération du foncier le mieux situé, où sont souvent construites les cités d'habitat social les plus anciennes, donc les plus centrales, et cela au profit des classes moyennes. Ces opérations n'ont rien, répétons-le, de répréhensible en elles-mêmes, sauf si l'on se situe du côté d'une idéologie sacralisant les lieux d'habitation des classes populaires. Mais, si l'on écarte cette attitude pour cause de fétichisme attardé de tout ce qui évoque le peuple par opposition aux « possédants » de simpliste manière, il reste que l'on peut s'interroger sur l'usage purement incantatoire qui est fait du thème de la mixité sociale de l'habitat dans le cas de ces opérations de rénovation urbaine. Le sentiment des responsables des bureaux d'études et des cabinets d'architectes travaillant dans le cadre de la rénovation urbaine mérite, à cet égard, d'être rapporté. La plupart d'entre eux constatent, d'abord, le rôle moteur, dans ces opérations, des bailleurs propriétaires d'immeubles d'habitat social. La majorité d'entre eux se révèlent très soucieux d'obtenir des financements pour se débarrasser de ces bâtisses et reconstruire des immeubles destinés à un autre public. À cette fin, ils recueillent les habitants des édifices qu'ils vouent à la démolition dans le cadre de la vacance ordinaire des autres bâtiments de leur parc. Les élus s'inscrivent dans une perspective à peu près similaire, voyant dans la rénovation le moyen d'attirer des classes moyennes dans un périmètre plus proche de leur zone d'emploi, préalablement délestée de la part «rebutante», à leurs yeux, de la population qui y résidait. Force paraît donc bien de constater que ces desseins intéressés, ni monstrueux ni glorieux, forment l'essentiel des motivations effectives que recouvre le thème de la mixité sociale. Si celle-ci présente pour premier intérêt objectif de faire bénéficier les pauvres de la proximité des riches, force est de reconnaître que cette valeur ne paraît pas du tout la préoccupation majeure des principaux acteurs de la rénovation.

Résumons : la mixité sociale sert beaucoup et efficacement pour contrer l'immixtion des minorités ethniques dans les centres-villes au foncier potentiellement intéressant, ou à les en évincer pour n'en garder que le cachet. Elle réussit très mal quand il s'agit d'introduire des pauvres dans des communes aisées. Et, pendant ce temps, le parc social voit s'abaisser le niveau moyen de revenu de sa population, laquelle s'y enclôt en quelque sorte par l'impossibilité d'accéder aux logements privés, ce qui augmente l'effet de fermeture de ce parc par la stagnation de ses résidants actuels[8]. Que penser de tout cela, sinon que la mixité sociale ou/et ethnique est, en France, un phénomène aussi peu pensé qu'il est révéré, qu'il constitue un objet d'incantation mais guère de réflexion ! On peut déjà retenir de ces premiers constats un enseignement élémentaire mais d'importance, à savoir qu'il est plus facile d'imposer la mixité sociale là où vivent les pauvres que de permettre à ces pauvres d'aller là où vivent les riches. Cela relève de l'évidence, dira-t-on, sauf qu'il convient de partir de ce qui se donne à voir, plus que des dogmes, quand on veut comprendre les enjeux de la mixité sociale, ce qui fait qu'elle marche, qu'elle est profitable ou non à ses bénéficiaires supposés, les moins favorisés en l'occurrence. Aussi cette « évidence » vaut-elle d'être étudiée et comprise de plus près par l'observation et l'expérimentation, lesquelles paraissent sensiblement plus avancées dans d'autres nations occidentales que la France.

Que sait-on donc de la mixité sociale dans l'urbain, des conditions de sa réalisation et de son efficience par des observations et des expérimentations méthodiques ? S'agissant d'abord du mouvement qui porte les classes moyennes à investir des quartiers pauvres parce qu'elles sont attirées par l'opportunité d'un foncier moins cher et parfois mieux situé que les territoires où elles s'étendent ordinairement,

8. En France, en 1998-1999, le taux de rotation était de 12,5 %. En conséquence, près de 500 000 logements se libéraient chaque année. En 2004, ce taux est tombé à 10 %, ne libérant plus que 400 000 logements HLM. À Paris (102 000 demandeurs HLM), en 2004, le taux de rotation du parc HLM est tombé au taux catastrophique de 5,3 %, et, pour les grands logements, à seulement 3,3 %. Voir l'article de *Libération*, « HLM : 1,3 million de ménages frappent à la porte », 26 juillet 2005.

plusieurs considérations appellent à ne l'encourager qu'avec beaucoup de précautions. Lesquelles ont toutes à voir avec le différentiel en matière de revenus et en matière de culture séparant les premiers habitants – pauvres – des nouveaux arrivants – plus aisés.

L'existence d'un fort différentiel de revenu provoque en effet une situation où la tension négative l'emporte de loin sur les bénéfices escomptés. Que ce soit au centre ou à la périphérie des villes, on voit de plus en plus souvent des territoires, occupés initialement par des migrants ou des pauvres, investis par de nouvelles populations qu'attirent l'effet de centralité ici, ou ailleurs, la qualité du site. Si l'Est parisien correspond bien à la recherche de centralité, l'extrémité est de la ville de Marseille – le quartier des Hauts de Mazargues – fournit une parfaite illustration des effets sociaux de la recherche à moindre prix d'un site de qualité. Abandonné longtemps aux migrants dans des cités d'habitat social (la cité de Baou de Sormiou), ce quartier de Marseille a été récemment investi par des classes moyennes et supérieures attirées par la modicité du foncier et la proximité directe de la mer. Quels furent les effets de cette soudaine irruption des riches chez les pauvres ? Le sentiment d'une *mixité sociale à l'envers*, disent les politiques et les animateurs sociaux en charge de ce quartier, lesquels se trouvent précisément placés dans une très délicate position d'arbitrage entre deux populations juxtaposées que rien d'autre ne rapproche que l'espace où elles cohabitent, avec un évident déplaisir. Car il n'y a pas de commune mesure entre elles. Les habitants de la cité de Baou de Sormiou savent qu'ils n'ont aucune chance d'habiter, un jour, dans le relativement classieux « domaine du Roy d'Espagne » ou dans les copropriétés récemment édifiées à proximité, mais dont les résidants partagent, par la force du zonage républicain, un certain nombre d'équipements avec eux. L'effet de cette mixité sociale à l'envers se traduit donc, non pas par une démarche ascensionnelle de la partie la moins favorisée de cette population, mais par une hostilité croissante de sa part. Il en résulte une dévitalisation des équipements installés entre eux et les nouveaux venus, par l'élévation toujours plus haute des murs d'enceinte protégeant les villas des classes moyennes situées à proximité de la cité sociale[9].

Le différentiel culturel ne joue pas moins, quoique plus subtilement, pour réduire ou annuler les effets positifs escomptés de la gentrification. Les Pays-Bas ont lancé, depuis 1997, un programme dit de « gentrification contrôlée » dans le parc de logements construits après la guerre, de style HLM, et peu attractif. Il s'agit de démolir 20 % du parc locatif et de le remplacer par des logements de très bonne qualité destinés à attirer une « bourgeoisie urbaine ». L'objectif visé à travers cette forme de mixité est d'une triple nature : l'amélioration de l'image du quartier, l'implication des nouveaux venus dans le voisinage afin qu'ils rompent l'isolement culturel où se trouvent les minorités ethniques (Marocains et Turcs essentiellement, plus des Surinamiens), ainsi que le développement d'opportunités économiques pour cette population pauvre. Il ne s'agit donc pas d'un processus spontané mais d'une politique volon-

9. Cf. Catherine Mével et Salva Condro, « Les services publics à vue d'œil », recherche PUCA, 2005. Dans cette recherche, des photographies de ces murs d'enceinte font apparaître les ajouts successifs qui ont conduit à leur hauteur actuelle comme s'il s'agissait de digues élevées contre une menace ressentie de manière croissante après chaque incident.

taire et réfléchie, mesurée et prudente. Les résultats apparaissent toutefois relativement décevants, et cela pour une raison qui semble bien tenir au différentiel culturel entre les deux populations concernées.

Des recherches ont été effectuées afin de tester méthodiquement les effets de ce programme. Elles montrent peu de résultats probants. Les sociologues en charge du suivi de l'expérience de « gentrification contrôlée » décrivent, avec force détails, comment la multiplication des composantes sociales n'opérait pas tant un effet salutaire de brassage, une dynamique entraînante, qu'un repli sur soi, une diminution du système relationnel. Au départ, il y avait donc la volonté politique de lutter contre l'excessive concentration des minorités ethniques dans les vieux centres des villes. Ces minorités avaient trouvé dans ces vieux centres un habitat peu onéreux mais qui avait bénéficié d'une revitalisation méthodique. Les services avaient également été améliorés. Seule et principale ombre au tableau : l'emploi n'avait pas suivi. Que fallait-il donc faire ? Mieux inscrire ces minorités dans la société, développer leurs relations avec les Néerlandais de souche afin que transitent les informations et qu'elles disposent d'opportunités pour accéder à un emploi. Comment développer ces relations ? En attirant les couches moyennes blanches dans ces quartiers à la faveur d'opérations immobilières susceptibles de les allécher. Tel était donc le raisonnement. Les résultats ? Aucune amélioration pour les minorités ethniques en termes d'emploi, de performance scolaire, de vie associative. Le seul bénéfice relativement appréciable se situe sur le plan de l'ordre public. Ces constatations « savantes » provoquèrent un vaste débat, non encore clos, mais qui s'oriente vers une explication de la déception en question par le hiatus culturel entre immigrants et nouveaux venus. Cela signifie qu'il peut bien y avoir une mixité dans l'habitat sans que, pour autant, s'ensuive une mixité des relations sociales. La raison en serait la difficulté à étoffer les « liens faibles ». On appelle ainsi, dans la sociologie anglo-saxonne, les liens qui établissent un pont avec les gens les plus lointains, culturellement parlant[10]. Ce sont ces liens qui devraient augmenter le capital social des plus pauvres. Mais établir ces liens « faibles » suppose une certaine facilité à établir des contacts, la disposition d'un code commun minimal. Or lorsque, dans un espace donné, les strates sociales et les genres culturels se complexifient, communiquer avec ses voisins nécessite la maîtrise d'une multiplicité de codes, maîtrise parfois trop difficile à acquérir[11]. L'effet de ce mélange consiste plus alors en une tendance au repli sur soi qu'en l'établissement de relations capables de faire pont entre les univers sociaux et culturels en question. Ce repli n'est pas que le fait des plus pauvres. On sait bien que faire venir des classes moyennes dans un quartier populaire suppose de les attirer par un foncier de meilleure qualité et de moindre coût qu'ailleurs, de « déconcentrer », ainsi, la pauvreté, mais aussi et surtout de disposer d'écoles distinctes

10. La distinction entre liens faibles et liens forts a été introduite par M. Granovetter en 1973, *in* « The strength for weak ties hypothesis », *American Journal of Sociology*. Cet article est disponible en français : M. Granovetter, « Le marché autrement. Essais », Paris, Desclée de Brouwer, 2000.

11. Cf. Evelyne Baillergeau, Jan Willem Duyvendak, Lea Volker, « La promesse d'un habitat socialement mixte. Un état des lieux des politiques et des recherches sur la mixité sociale et la gentrification aux Pays-Bas, en Belgique et en Suède », Institut Verwey-Jonker (Utrecht), université d'Amsterdam, recherche PUCA, 2005.

pour les uns et les autres, à moins de prendre le risque de voir l'opération échouer[12].

S'agissant du mouvement opposé, celui qui consiste à introduire les pauvres dans les quartiers et les communes aisés ou, plus délicat encore, des minorités ethniques dans des quartiers blancs, l'opération présente également des risques mais surtout des bénéfices très inégaux selon la conception qui y a présidé. Les expérimentations américaines sont ici incomparablement plus instructives que nos propres observations tant elles se trouvent confrontées à une difficulté accrue par rapport à l'Europe. Et puis, compte tenu de l'acuité même du problème, expérimentations, observations et enseignements y ont une histoire, une progression donc de la compréhension, que l'on ne peut se permettre d'ignorer sous prétexte que nous révérons plus qu'eux une mixité dont, à l'évidence, nous comprenons moins bien les difficultés constitutives. L'histoire de ces expérimentations américaines en matière de mixité commence, dans les années 70, avec l'action, à Chicago, d'une association créée par une responsable associative, Dorothy Gautreaux, laquelle devint célèbre en réussissant à faire condamner le maire de cette ville pour ségrégation raciale dans le logement. Elle obtint, ainsi, un financement fédéral pour un programme philanthropique consistant à aider des

12. Il faut d'ailleurs préciser que cette « gentrification contrôlée » produit des résultats sensiblement différents à Amsterdam et à Rotterdam, moins décevants dans la première, où domine un modèle de « ville douce et émancipatrice » que dans la seconde, qui relève d'un modèle de « ville dure et vengeresse » (ne serait-ce que parce qu'à Rotterdam les populistes ont emporté les élections municipales). Cf. Evelyne Baillergeau, Jan Willem Duyvendak, Lea Volker, « La promesse d'un habitat socialement mixte », *op. cit.*

familles noires et pauvres à quitter le ghetto pour aller vivre dans les quartiers aisés des *suburbs*. Ce programme portait sur des familles volontaires, lesquelles se voyaient sélectionnées puis accompagnées dans leur déplacement spatial. Le programme Gautreaux concerna plusieurs milliers de familles dans les années 70 et 80. Mais il dut s'arrêter, au début des années 90, quand il devint difficile de trouver des familles présentant des caractéristiques suffisamment « positives » pour garantir les chances de succès de l'opération. Quant au résultat, il fut estimé largement positif. Les « familles Gautreaux », examinées au long cours, connaîtront toutes ou presque un destin nettement plus avantageux que celles restées dans le ghetto.

Le résultat, très positif, du programme Gautreaux, mais aussi, et surtout, le coup d'arrêt apporté à l'opération par la quasi-disparition du modèle de famille sur lequel il reposait, fit surgir une interrogation de fond : est-ce que le problème de la pauvreté tenait principalement à une disposition culturelle, acquise et prégnante – la culture de la pauvreté –, ou est-ce qu'il résultait surtout de l'environnement social et spatial ? Cette seconde hypothèse, si elle était fondée, ferait que la transposition des pauvres vers un meilleur lieu d'habitat entraînerait la disparition du conditionnement culturel. Répondre à cette question supposait de reprendre le programme Gautreaux mais en l'assortissant d'une méthodologie et d'un suivi plus rigoureux. Un nouveau programme fut donc lancé, intitulé « Moving to opportunity » (MTO), qui démarra en 1994 et dura une dizaine d'années. Établi dans cinq villes (New York, Boston, Chicago, Baltimore, Los Angeles) et portant sur 4610 familles volontaires, le programme MTO confronte les résultats du déplacement d'un groupe de familles aidées financièrement et accompagnées vers des logements locatifs situés dans des zones à très faible concentration de pauvreté avec un groupe témoin demeuré sur place. Pour mieux faire ressortir l'utilité de l'accompagnement, les protagonistes du programme décidèrent la création d'un troisième groupe composé de familles disposant d'allocations afin de leur faciliter le changement de logement, mais sans assortir cette facilitation d'une quelconque contrainte géographique au nom des bienfaits supposés de la mixité sociale.

Pour les spécialistes chargés du suivi de ce programme « Moving to opportunity », la première constatation ne fut guère surprenante : de ces trois groupes, celui qui progressait le moins, voire pas du tout, était le groupe témoin, celui resté dans le ghetto, sans moyens ni appuis. La seconde fut plus inattendue, car, à l'étonnement des observateurs, les gagnants les plus évidents de ce programme ne furent pas les membres du premier groupe, celui bénéficiant d'un programme d'accompagnement fort, mais le troisième, celui comprenant les familles qui disposaient d'une aide purement financière à la location, de type allocation logement (*vouchers*). Ces familles avaient pu choisir l'endroit où elles désiraient résider, sans avoir à satisfaire à l'exigence que leur destination corresponde à un standing précis. En résumé : les familles restées dans le ghetto ne progressaient pas ou peu. Les familles accompagnées vers un quartier de standing relatif enregistraient bien certains éléments positifs, comme la diminution de l'obésité et l'augmentation, légère, de la durée de la scolarité des filles. Mais le négatif l'emportait souvent en termes de comportement, en particulier pour les jeunes garçons noirs, qui faisaient sensiblement plus l'objet d'arrestations par la police et connaissaient un avenir délinquant plus fort que ceux des ghettos. (Du moins dans le domaine de la délinquance envers les biens, qui augmentaient très sensiblement tandis que les actes de violence diminuaient.) Cette aggravation de la délinquance constatée pouvait être portée au compte de la surveillance beaucoup plus intense dont ces jeunes Noirs se trouvaient l'objet dans un quartier de classes moyennes blanches ou bien à celui de… la surexposition à la tentation de délinquance prédatrice dans ces lieux. Quant aux faibles différences constatées entre les résultats scolaires des enfants de ce groupe comparés à ceux restés dans le ghetto, elles furent expliquées par le phénomène suivant : les familles issues des ghettos et installées dans un quartier de classes moyennes avaient, dans leur grande majorité (80 %), choisi d'inscrire leurs enfants dans une école proche de leur ancien habitat ou de même type, plutôt que dans celle correspondant à leur nouvel habitat, tant la différence culturelle leur paraissait constituer une barrière insurmontable. Bref, que ce soit sur le plan de la santé physique ou mentale des adultes, de la réussite scolaire et des problèmes de comportement des jeunes, ce sont ceux dont la mobilité a été facilitée sans imposition d'un niveau déterminé de mixité sociale qui ont obtenu les meilleurs résultats. On peut expliquer ce succès par l'absence de rupture de leurs liens sociaux, par la familiarité que ces familles avaient acquise de leurs nouveaux lieux d'installation avant celle-ci. Tandis que les familles introduites dans des quartiers de classes moyennes plaçaient leurs enfants au contact de jeunes trop différents d'eux et d'adultes auxquels ils ne pouvaient guère s'identifier. Bref, ceux qui s'en tirent le mieux sont ceux qui utilisent les nouvelles ressources qu'on leur procure pour échapper à l'influence néfaste d'un quartier (influence négative plus forte en ce qui concerne les enfants et les familles monoparentales) sans pour autant rompre avec leur milieu social d'appartenance et se projeter dans un milieu de classes moyennes où ils perdraient leurs repères et leurs appuis [13].

De ces expérimentations et de ces observations, on peut donc au moins retenir ceci qu'il est plus avantageux de faciliter la mobilité que d'imposer la mixité, même si l'exercice est moins spectaculaire, moins satisfaisant pour l'œil du politique qui voudrait résorber au plus vite cette anomalie que sont pour lui les concentrations de pauvreté. Tout est dans la méthode, disait-on. Mais précisément, quelle méthode mettre en œuvre pour faciliter la mobilité sociale, pour remettre les gens en mouvement là où, visiblement, ils se trouvent bloqués ? On peut s'arrêter sur ce terme *opportunity* dont la signification est plus étendue dans la démarche américaine que sa seule traduction française en termes de chance. L'opportunité est l'occasion qui se présente à quelqu'un de transformer sa vie, elle est donc plus qu'une chance au sens statistique du terme. Reste qu'on peut agir sur les contextes qui offrent de telles occasions. On peut concevoir de les augmenter, car elles ne relèvent pas du miracle sociologique. Faciliter la mobilité, c'est réduire les barrières qui empêchent les gens d'améliorer leur condition. Les barrières

13. Sur ce programme, la littérature est considérable, avec des résultats qui varient quand même sensiblement selon les villes. Pour une première et rapide synthèse des expérimentations, on peut lire Francine Dansereau, « Le logement social et la lutte contre la pauvreté et l'exclusion sociale », rapport à l'Observatoire des inégalités sociales et de santé du Québec, janvier 2002, disponible sur Internet.

en question tiennent aux séparations dont on a déjà parlé, entre la relégation et le péri-urbain, puis entre celui-ci et les centres gentrifiés. De quels leviers dispose-t-on pour lever ces frontières ? Il en existe trois principalement : le logement, la scolarité, l'emploi.

Que peut-on faire, d'abord, dans le domaine du logement qui facilite la mobilité sociale des gens ? Puisque le principal problème, à cet égard, est la stagnation de la population pauvre dans un parc social vieilli qui ne réussit pas à répondre à la crise du logement tout en ne correspondant plus du tout aux attentes des gens en raison de son caractère massif, de son inadaptation à la société contemporaine, il faut construire beaucoup plus de logements et faire en sorte qu'ils soient aussi variés que possible dans leur prix et dans leur style [14]. N'est-ce pas ce que le gouvernement actuel s'engage à faire ? Oui, à ceci près que, pour réussir dans cette entreprise, il faut agir sur l'étendue de l'espace constructible et, pour cela, bousculer un certain nombre de tabous que le gouvernement reste enclin à respecter, dont, au premier chef, le statut de la propriété. Il ne s'agirait pas seulement d'utiliser les réserves de l'État – lesquelles sont devenues peu significatives –, mais d'agir sur le patrimoine foncier. Comment ? Deux solutions se présentent, inégalement praticables.

La première méthode est celle utilisée aux Pays-Bas,

14. À cet égard, la ville d'Amsterdam paraît, de loin, l'expérience la plus intéressante en Europe. La politique du logement qui y est conduite vise à accroître l'offre dans toutes les catégories de logements. Grâce à cette stratégie, elle a réussi à équilibrer les tendances entre péri-urbanisation et gentrification (à la différence de Rotterdam où la péri-urbanisation l'emporte nettement). Cf. Evelyne Baillergeau, Jan Willem Duyvendak, Lea Volker, « La promesse d'un habitat socialement mixte », *op. cit.*

où le foncier appartient le plus souvent aux municipalités. Les propriétaires ne le sont donc que des murs de leurs immeubles et paient un loyer à la ville pour le terrain. Une telle disposition permet aux équipes municipales de peser directement sur l'évolution du territoire urbain, d'organiser des proximités graduelles entre classes sociales, de réduire quelque peu l'effet des concentrations ethniques par un savant dosage de la gentrification des centres anciens, où ces concentrations ont été favorisées dans un premier temps.

La seconde méthode se trouve appliquée en Allemagne. Elle consiste à agir sur le foncier à travers une forme de fiscalité qui impose sa valeur vénale au fur et à mesure que celle-ci change, lorsque les terrains bénéficient d'aménagements à leur proximité. De sorte qu'il n'est pas trop difficile d'augmenter le foncier disponible à travers la modification de sa valeur vénale et donc de son niveau de fiscalité. Que des terrains bien placés dans la ville, valant donc cher, ne soient pas imposables parce que non construits, constitue une singularité française qui renvoie à la sacralité dont jouit chez nous la propriété foncière. Dans ce domaine de la construction, une fiscalisation effective du foncier constitue pour l'action publique le principal nerf de la guerre[15]. Elle aurait encore plus d'efficacité si l'autorité de planification se situait au niveau de l'agglomération, comme aux Pays-Bas ou au Royaume-Uni[16].

La scolarité constitue une deuxième barrière à la mobilité sociale, par association justement avec le logement. On

15. Cf. sur ce sujet les nombreux travaux de Vincent Renard.

16. La timidité extrême d'un récent projet de loi allant dans ce sens, l'hostilité qu'il a suscitée dans les rangs de la majorité gouvernementale (UMP), en disent long sur la force du blocage français en matière de fiscalité foncière.

sait à quel point la localisation d'une école ou d'un collège, la composition sociale du quartier où ces établissements se trouvent, déterminent la valeur réelle ou supposée de l'enseignement qui y est donné. On sait les sacrifices financiers qu'effectuent nombre de familles pour changer de quartier lorsque leurs enfants arrivent à l'âge scolaire pour aller habiter dans un autre endroit de meilleure réputation à cet égard. Il leur en coûte une part importante de leur budget tout comme leur départ coûte aux quartiers qu'ils quittent, à l'école qu'ils évitent, sous la forme d'un surcroît de dépréciation. Le franchissement de cette «barrière» coûte dans les deux cas: à ceux qui partent et à ceux qui restent. Comment surmonter cette barrière de manière à éviter ce double mal? Aucune formule considérée comme plus ou moins heureuse à cet égard, aucune innovation, à l'étranger, ne peut s'appliquer à la France sans faire d'abord l'objet d'une expérimentation véritable. Que proposer, en l'occurrence, qui vaille d'être tenté? De commencer par lutter, par exemple, contre la constitution de véritables «collèges ethniques» qui associent une circonscription scolaire avec un espace de logements bon marché.

On peut imaginer une formule qui jouerait à la fois *sur l'espace*, en l'occurrence par une extension de la carte scolaire offrant aux familles une latitude de choix quant à l'école ou au collège de leurs enfants, *et sur le temps*, par une modification d'importance des conditions de l'enseignement produit dans l'établissement le plus défavorisé. On joue sur l'espace en élargissant la carte scolaire de façon à ce qu'elle offre un choix véritable d'écoles et de collèges de fréquentations sociales et ethniques différentes *a priori* en prenant appui sur une desserte revue et corrigée de ces établissements par les moyens de transports. On joue sur le temps en modulant la durée d'enseignement consacrée à chaque élève en fonction du niveau de revenu de ses parents, de leur date d'arrivée en France, du *gap* culturel plus ou moins important qui affecte en conséquence leur enfant. Soit une manière de prendre en compte le temps requis par un enfant, une classe, une école, calculé à partir de ces paramètres justifiant l'attribution d'un nombre sensiblement plus élevé d'enseignants pour ces écoles. (Il s'agit là de la formule néerlandaise de l'aide calculée à partir de la personne et non pas du territoire, de la « zone »).

En jouant ainsi sur l'extension des zones scolaires mais aussi et simultanément sur le temps dû à chaque élève, là où la liberté de choix laisse sur place justement ceux qui requièrent un effort spécifique, on peut réduire l'importance des barrières que le cadre scolaire oppose aux enfants des quartiers défavorisés sans condamner leurs familles au choix entre un déménagement trop coûteux et la résignation. Les parents auraient le choix entre deux stratégies : soit jouer la carte de la mixité sociale en emmenant leurs enfants plus loin, vers une école ou un collège plutôt fréquenté par des élèves de classes moyennes, soit jouer la carte de l'intensité de l'enseignement, en adressant leurs enfants à l'établissement le plus proche mais offrant une compensation notoire à son niveau de fréquentation. La première voie valorise la responsabilisation des parents, permettant de lever le fatalisme du discours sur « l'école qui ne sert à rien » ; la seconde joue sur le principe d'équité : donner plus à ceux qui se trouvent le plus en difficulté. De sorte qu'il ne serait plus nécessaire de changer de logement pour accéder à un meilleur enseignement et que le handicap d'une école pour élèves défavorisés serait réellement pris en compte, et non l'objet d'une compensation symbolique et financière à destination principalement des enseignants au nom du préjudice qu'ils subiraient d'avoir à enseigner à un public plus difficile. On peut franchir les frontières... en restant chez soi, dès lors qu'elles sont abaissées, prises en compte, comme on peut décider de partir au moment opportun et non par un pur réflexe de rejet[17].

Peut-on appliquer à l'emploi ce principe de responsabilisation et d'équité ? On sait ce qu'il en est des zones franches urbaines quant au rééquilibrage de l'emploi dans les quartiers défavorisés : elles coûtent cher et, lorsqu'elles créent des emplois dans leur périmètre, c'est le plus souvent au prix d'une augmentation du chômage alentour. Quelle autre formule proposer qui permette justement et cette mobilité par la sortie du quartier et plus d'équité pour ceux qui y restent ? Tout étant là encore affaire d'expérimentation, on peut avancer deux pistes. La première consiste à favoriser la sortie du quartier par l'emploi à travers une invite faite par les commanditaires de marchés publics aux entreprises candidates de démontrer leur volonté d'effectuer un effort pour l'embauche des jeunes des quartiers défavorisés. La publicité de ces embauches, de leur effectivité, entrerait ainsi dans le bilan sociétal de ces entreprises à partir d'un cahier des charges correspondant établi avec les pouvoirs locaux. Une autre formule possible consiste à s'inspirer du modèle des *empowerment zones* américaines lancées par Bill Clinton.

17. Nous nous appuyons pour formuler cette hypothèse sur la conclusion de la recherche de Georges Felouzis, Joëlle Perroton, Françoise Liot, « École, ville et ségrégation. La polarisation sociale et ethnique dans l'académie de Bordeaux », Cadis, LAPSAC, 2003 ; publié depuis sous le titre *L'Apartheid scolaire. Enquête sur la ségrégation ethnique dans les collèges*, Paris, Le Seuil, 2005.

Celles-ci ont, là-bas, remplacé avantageusement les zones franches en considérant, non pas le quartier défavorisé pris isolément, mais l'ensemble dans lequel il se trouve, en cherchant à connecter le quartier avec la zone économique environnante, par une mobilisation des entrepreneurs intéressés à disposer d'une main-d'œuvre formée grâce à un apport fédéral. Dans cette hypothèse, la zone franche disparaît avec ses exonérations, son statut dérogatoire à l'avenir incertain. Elle est remplacée par un investissement à la fois public et privé, humain et économique [18].

Élever la capacité de pouvoir des habitants

Que reprocher au « traitement des lieux » sous la forme qu'il a prise récemment, d'une vigoureuse rénovation urbaine ? Rien, certes, quant au principe. On ne peut pas dire que les tours de quinze ou vingt étages qu'une panne d'ascenseur suffit à rendre impraticables, qu'un regroupement de jeunes oisifs dans les halls suffit à rendre invivables, soient des créations impérissables du génie architectural. Il faut frapper à beaucoup de portes dans une de ces tours avant de trouver un habitant qui se félicite d'y loger [19]. Tous ou presque reprochent à ce genre de bâtiment d'annihiler tout effet de voisinage un tant soit peu positif. Empilés, on s'ignore, on ne reçoit des autres, d'en haut ou

18. Sur les *Empowerment zones*, voir l'article de Thomas Kirszbaum dans le numéro d'*Esprit* « La ville à trois vitesses », *op. cit.*

19. Cf. Thierry Oblet, Joëlle Perroton, Claire Schif, Agnès Villechaise Dupont, « Ménages immigrés ou issus de l'immigration dans les opérations de renouvellement urbain », Cadis, université Victor-Segalen, Bordeaux 2, rapport pour l'Union sociale pour l'habitat, 2005.

d'en bas, que des bruits qui agacent. Les tours offrent l'espace commun le plus faible possible pour le maximum de gens et démultiplient d'autant les rencontres malaisées et les frictions. Les barres sont nettement plus supportables, parce qu'elles disposent de plusieurs sorties, parce qu'elles donnent à voir à droite et à gauche et pas seulement de haut en bas, parce qu'elles permettent de marcher, de parcourir l'espace qu'elles couvrent et de se l'approprier. Mais la vie collective y reste forcément pauvre. Elle glisse et se défait. « On est embarré comme sur une paroi sur laquelle il n'y a aucune prise possible[20]. » Nous ne pouvons donc avoir aucune hostilité de principe à l'encontre de la rénovation urbaine.

Pourquoi alors observe-t-on tant de réactions hostiles à ces opérations de la part des habitants ? Il ne s'agit pas d'une de ces protestations localisées, poussées par un groupuscule gauchiste prompt à exploiter tous les mécontentements sans aucun souci de trouver une quelconque solution au problème des cités. Sans que l'on puisse parler d'une contestation généralisée, il paraît bien qu'il y va d'une fronde qui s'étend, surtout en Île-de-France… et qui va jusqu'à occuper le siège de l'Agence nationale pour la rénovation urbaine. Que reprochent-ils à cette démarche ? Le principe de la rénovation ? Non, mais sa méthode. Celle qui consiste de la part des élus à annoncer aux habitants une démolition programmée de tant d'immeubles, à leur proposer un relogement provisoire ou durable dans le quartier ou ailleurs, puis, une fois seulement les immeubles abattus, à annoncer ce que la municipalité compte reconstruire, quel

20. Olivier Mongin, *La Condition urbaine*, *op. cit.*, p. 235.

genre d'immeuble, en accession à la propriété ou en location, abordables ou non pour ceux qui habitaient les immeubles démolis. De fait, cette rénovation prend le plus souvent un caractère brutal, « bulldozer ». Les habitants s'estiment mal informés, pas vraiment consultés, placés le plus souvent devant le fait accompli, chassés d'où ils habitaient pour une destination incertaine.

La loi relative à la rénovation urbaine, votée en 2003, prévoyait bien une consultation méthodique des habitants, nécessaire pour obtenir les financements. Mais la procédure n'en est pas vraiment codifiée. Elle fait montre d'une exigence, en la matière, sensiblement moindre que les opérations dites de renouvellement urbain, promues par le gouvernement Jospin en 1999. Le souci de la rapidité d'exécution, soutenu par une préoccupation manifeste d'accroître ainsi la visibilité de l'action, a réduit à presque rien le contenu de la concertation en question. En exigeant de la part des communes candidates à un financement par l'ANRU qu'elles fournissent dans les délais les plus rapides un projet totalement ficelé, en exerçant par des visites régulières une pression pour l'exécution du programme et un respect rigoureux des dates prévues dans la convention, il ne reste plus de temps, ni de marges de décision susceptibles d'ouvrir un espace pour la concertation avec les habitants. Une enquête conduite auprès d'élus locaux et de bailleurs sociaux engagés dans des opérations de rénovation urbaine nous a montré comment leurs positions sur cette question de la participation se distribuaient de manière significative autour de deux pôles. Le premier pôle est constitué par ceux qui disent être très intéressés à la promotion de ladite participation, car celle-ci leur paraît tout à fait requise pour des opérations qui déstabilisent considérablement la population concernée. Mais ils ajoutent que cette préoccupation ne peut trouver une véritable place compte tenu de la manière de procéder et du calendrier imposé par l'Agence. Le second pôle rassemble ceux qui trouvent à l'Agence quelques défauts, certes, mais surtout pas le moindre relatif à la participation des habitants... dans la mesure où le peu d'exigence de l'Agence en la matière les libère enfin, ajoutent-ils parfois, d'une formalité aussi coûteuse en temps qu'inutile, voire nuisible à la lisibilité de l'action[21]. De fait, la concertation avec les habitants se résume généralement à peu de chose : une publicité discrète, quelques réunions où se retrouvent des responsables d'association bien connus de la mairie qui fournissent ainsi l'occasion de tirer quelques photos de la « rencontre » des élus avec les « habitants » et de les insérer dans un fascicule généralement vide de tout autre contenu que les décisions de la mairie mais pompeusement intitulé « La consultation des habitants du quartier ». Cela suffit à satisfaire les attentes de l'ANRU sur ce point, tant la préoccupation de celle-ci porte plus sur le nombre de logements détruits que d'habitants consultés.

« Rénovation bulldozer », « participation factice » : ce sont les termes mêmes qui ont été employés pour caractériser la première rénovation urbaine de l'ère contemporaine : celle des années 50 aux États-Unis, qui a laissé un souvenir amer et pesa lourd sur la suite de l'histoire urbaine, sociale et raciale de ce pays[22]. Cette politique d'« *urban*

21. Cf. Jacques Donzelot et Renaud Epstein, « La rénovation urbaine : voulue ou subie ? », enquête du CEDOV pour le comité de suivi et d'évaluation de l'ANRU, janvier 2006.

22. L'Urban Renewal Act de 1949 inaugure la première rénovation urbaine massive dans un pays occidental au XXe siècle.

renewal[23] » apportait un financement fédéral important aux maires désireux de lutter contre la « taudification » des *inner cities* et surtout contre la dépréciation des quartiers populaires des villes qui résultait de l'installation des Noirs dans ces quartiers au fur et à mesure que les Blancs les quittaient pour aller s'installer dans les *suburbs*, où les entreprises ne tardaient pas à les suivre. L'objectif politique, national et local, était d'enrayer le départ des classes moyennes, de revaloriser le centre. À cette fin, les maires pouvaient présenter un projet au ministère de l'Urbanisme et du Logement (HUD, Housing and Urban Department). Dans ce projet, le territoire à rénover devait comporter au moins vingt pour cent de *slums* (taudis), et la partie adjacente aux *slums*, qui était considérée comme dépréciée par cette proximité, pouvait à ce titre faire l'objet d'une rénovation. Cette latitude permit à beaucoup de maires de « récupérer » des quartiers occupés par les Noirs et qui n'avaient rien de taudis, qui perdaient bien de la valeur mais par l'effet de leur présence. En conséquence de quoi, les Noirs se retrouvèrent dans des quartiers bien plus mal situés dans la ville, inconfortables, gênés par la proximité des autoroutes menant les cols blancs de la ville aux *suburbs*. Ou bien encore, dans des immeubles sociaux (*public housing*) tout aussi mal situés, construits à la hâte et qui semblaient destinés au seul usage des Noirs ainsi victimes d'une relégation (ce terme apparaît alors pour la première fois dans l'histoire urbaine). Les sanglantes émeutes noires des années 60 dans les villes du Nord ont trouvé dans cette relégation, ce rejet spatial, l'une de leurs principales causes avec le chômage.

23. Martin Anderson, *The Federal Bulldozer. A critical analysis of urban renewal, 1949-1962*, Cambridge (Mass.), MIT Press, 1964.

Il ne s'agit pas ici de dire que nous avons vécu en novembre 2005 une série d'émeutes équivalentes à celles des États-Unis dans les années 60. Elles n'ont rien de commun quant à la gravité. L'unité de compte, pour nous, est la voiture brûlée, non les blessés, qui se comptèrent là-bas par milliers, en plus des dizaines de morts. Les causes, elles, ont un air de famille, quoique sous une forme atténuée. La « mal-intégration » dont se plaignent les jeunes, tous membres de ces « minorités visibles » et, cette fois, entendus comme tels, se mesure, pour eux, au chômage, à la discrimination raciale à l'embauche, éprouvée et explicitée dans la presse comme jamais auparavant. La mal-intégration désigne aussi souvent le traitement qu'ils subissent sur le plan de l'urbain et du logement, le fait d'être stockés là, ensemble, déplacés parfois, mais sans avoir de prise sur leur place dans la ville, d'être « manipulés » au sens étymologique du terme, traités donc comme des objets, des objets encombrants que l'on écarte, que l'on remise là où ils gênent le moins puis qu'on oublie. De ce rappel – prudent – de la « rénovation bulldozer » des Américains dans les années 50 et 60 et des émeutes qui s'ensuivirent, on peut au moins espérer qu'il amène à prêter attention aux changements qui en résultèrent au plan politique. Puisque la double cause de ces émeutes tenait à la discrimination raciale à l'embauche et à l'absence de participation réelle des habitants aux opérations de rénovation, les Américains modifièrent totalement leur mode d'action dans ces deux domaines. On connaît la politique d'*affirmative action* qui permit d'apporter, d'abord, au niveau de l'emploi, une correction aux pratiques en cours, de dépasser le registre de la seule interdiction de la discrimination pour s'engager dans une « action positive » en faveur de l'embauche des Noirs. On connaît moins bien la transformation des politiques urbaines et de logement, la mise en œuvre de formules de démocratie participative destinées à faire des habitants des ghettos, en association avec des personnalités externes, universitaires et businessmen, les forces motrices de la rénovation des quartiers pauvres. On ignore l'importance de cette démarche dans la réduction des émeutes et la résolution de la crise urbaine aux États-Unis. Placée sous le signe de l'*empowerment* – terme que l'on peut traduire par « élévation de la capacité de pouvoir » –, cette démarche participative occupe une place essentielle dans la politique sociale et urbaine aux États-Unis. Dès lors que nous nous trouvons contraints de reconnaître que nous avons bien un problème de mal-intégration de la population dite « issue de l'immigration récente », que notre modèle, quelles que soient, par ailleurs, ses qualités, n'a pas suffi à résoudre, pourquoi ignorer les réponses qui existent ailleurs et qui peuvent nous fournir, non pas « la » solution, mais une source d'inspiration que nous n'avons plus le droit de négliger[24] ?

Pourquoi, en l'occurrence, ne pas profiter de ces opérations de rénovation urbaine promues par les lois SRU puis Borloo pour élever la capacité de pouvoir des habitants au lieu de la diminuer encore plus qu'elle ne l'est ? Par « capacité de pouvoir » entendons la maîtrise que les gens acquièrent individuellement et collectivement sur le cours de leur vie. Faire de la rénovation urbaine un moyen au service de

24. Sur l'histoire de la politique urbaine aux États-Unis, voir Jacques Donzelot, Catherine Mével, Anne Wyvekens, *Faire société. La politique de la ville aux États-Unis et en France*, *op. cit.*

l'augmentation du pouvoir des gens sur leur vie, sur leur quartier, dans la ville : un tel objectif pose, en France, une première question relative à la philosophie même d'une telle démarche, une deuxième concernant la définition du « quartier » en tant que tel, de sa place dans la ville, une dernière enfin, portant sur les modalités de la participation susceptible de correspondre à une telle visée.

Cela a-t-il un sens d'escompter d'une démarche participative qu'elle accroisse le pouvoir des gens sur leur vie ? La question peut paraître saugrenue tant une réponse positive paraît aller de soi. Nous vivons, en France, dans l'un des pays occidentaux qui fait le plus grand cas de ladite participation, la vante, la promeut, la prescrit. Mais nous sommes aussi celui qui, tout en parlant le plus, la pratique le moins [25]. Pire : nous la concevons pour l'essentiel comme un moyen au service de l'acceptation d'une décision, très rarement comme celui de l'amélioration du contenu et des effets de l'action, pratiquement jamais comme un moyen d'élever l'estime de soi et l'accroissement du pouvoir sur sa propre vie pour ceux qui s'y adonnent. De l'enquête déjà citée à laquelle nous nous sommes livrés sur le rôle de la participation dans le cadre des actuelles opérations de rénovation urbaine, il résulte un tableau des motivations des élus et des bailleurs à ce sujet qui revient à lui assigner une fonction apaisante plutôt que dynamisante. On évite de parler aux habitants avant que la décision de rénovation ne soit avalisée par l'Agence, de peur qu'une annonce préma-

25. Cf. Rob Atkinson et Stéphanie Lejeune, « Area-based urban policy initiatives. The role of resident participation in England and France », papier présenté à la Conférence européenne de recherche urbaine sur les initiatives d'en bas dans les politiques urbaines contemporaines qui s'est tenue à Copenhague en mai 2001.

turée ne suscite des rumeurs infondées. Une fois la décision adoptée, on ne donne de celle-ci que des axes généraux car la mise en œuvre est longue. Il convient alors de faire participer les habitants du quartier objet de cette rénovation, par des réunions thématiques visant des groupes ciblés (commerçants, jeunes...), d'organiser des promenades sous la houlette d'un personnel spécialisé pour voir ce qui mériterait dans l'immédiat un meilleur traitement, de faire réaliser un journal par un comité de rédaction composé d'habitants encadrés par des agents de la mairie, de préparer le travail mémoriel qui accompagnera la démolition et illustrera la vie du quartier jusqu'à la démolition... Toute cette fonction apaisante relève, à l'évidence, de ce qu'Erving Goffmann appelait l'art de « calmer le jobard[26] ».

Sans doute s'agit-il, avec cette fonction apaisante dévolue à la participation, de la version minimaliste de celle-ci, même si elle paraît, et de loin, la plus fréquemment adoptée dans ces opérations de rénovation. Cela ne suffit pas à invalider notre attachement, théorique, au moins, à la participation. Mais pourquoi justement déployons-nous, à son égard, une telle révérence théorique sur fond de pratiques aussi peu consistantes ? Il faut, pour expliquer ce paradoxe, écouter le discours des élus les plus soucieux de mettre en œuvre une formule hardie de participation. Qu'est-ce qui les motive ? Le souci, à les en croire, de prendre en compte l'ensemble des habitants et de ne pas apparaître comme agissant au nom des seuls électeurs qui ont voté pour eux. En conséquence, ils multiplient les réunions, consultent tous les corps de métiers, toutes les catégories sociales

26. Jacques Donzelot, Renaud Epstein, « La rénovation urbaine : voulue ou subie ? », *op. cit.*

concernées par une action, tous les habitants affectés par une opération de rénovation. Ils s'épuisent dans cet exercice et souvent finissent par dire qu'ils en éprouvent les limites. Quelles limites ? Celles qui surgissent de la dissonance entre les positions qui s'affirment, dissonance qui révèle l'étroitesse de vue de certaines, sinon de la plupart, la prévalence des intérêts privés sur l'intérêt général. De sorte que l'espérance d'atteindre, par une formule d'expression non partisane, une forme native de citoyenneté, non encore gâchée par le bruit et la fureur du débat public, se révèle assez vite vaine, noble rêverie, certes, mais impossible à concrétiser. Car toujours les intérêts privés cherchent à l'emporter sur l'intérêt général.

Le désir de faire apparaître une volonté consensuelle et l'impossibilité de réaliser ce rêve : voilà pourquoi l'on valorise tant, en théorie, la participation, et pourquoi l'on échoue, en pratique, à la réaliser. Mais pourquoi assigner à la participation une tâche si ardue, si fatalement vouée à l'échec ? Il faut, ici, faire intervenir le poids de notre tradition sociopolitique. Si nous sollicitons une forme d'expression non partisane de traduire un sentiment, voire une volonté unanime, c'est que nous présupposons l'existence de cette volonté. À la base de l'État et servant de fondement caché mais nécessaire à l'action publique, il y aurait bien quelque chose comme une volonté générale. Pourquoi ? Parce que Jean-Jacques Rousseau l'a dit et que nous ne nous sommes pas encore remis de l'effet qu'a produit cette idée sur nos pères fondateurs de la République. Car cette volonté générale constitue autant une postulation nécessaire de notre manière de penser la souveraineté du peuple qu'elle se révèle manifestement introuvable. Il a donc bien fallu trouver à cette volonté générale un substitut crédible pour fonder l'action publique : ce fut la raison de la fortune du concept d'intérêt général. Lequel constitue comme un équivalent étatique de la volonté générale. Autant celle-ci devait résulter de la convergence unanime de la volonté des individus souverains, autant l'intérêt général va être le produit de l'imposition d'une vision centrale aux intérêts particuliers. Ce n'est plus l'unanimité des individus qui fonde l'action publique, mais le refus central de s'aligner sur leurs intérêts forcément contradictoires et mesquins. Mais qui va pouvoir énoncer cet intérêt général sans avoir à craindre de paraître aussi partisan, aussi arbitraire, que les hommes de la Terreur qui parlaient au nom de la volonté générale en faisant décapiter ceux qui ne se reconnaissaient pas dans l'expression qui en était donnée ? Une seule catégorie d'hommes présente cette infaillibilité supposée, ce détachement imaginaire vis-à-vis des intérêts privés et des tendances partisanes : celui qui s'autorise de la connaissance savante, de la maîtrise technique des enjeux de la société : le technocrate. Les certitudes technocratiques de l'action publique découlent ainsi de la compétence reconnue, mais plus profondément encore, de la nécessité de disposer d'un équivalent de la volonté générale pour imposer un choix, le rendre aussi inattaquable que possible. Par son appui sur la compétence savante, l'intérêt général permet mieux que la volonté générale de disposer d'un fondement légitime pour l'action. Mais c'est au prix d'un éloignement accru entre l'orientation qu'il préconise et l'expression des citoyens, lesquels ne manquent pas de voir dans toute décision prise au nom de l'intérêt général une négation de leur souveraineté particulière et inaliénable. D'où le recours obsessionnel au thème de la participation auquel on va demander d'apporter le supplément d'âme politique qui fait défaut à la décision technocratique. D'où également le va-et-vient perpétuel et décevant entre l'expression requise de l'aspiration de chacun au titre de sa volonté qu'il convient de respecter et son intérêt privé qu'il convient non moins de disqualifier.

Nous nous demandions à quelles conditions une opération de rénovation urbaine pouvait constituer le ressort d'une majoration de pouvoir pour les habitants et non de cette angoisse qu'il convient de contenir par une participation plus « apaisante » que dynamisante. On voit bien que c'est le statut même de la participation au sein de notre mode d'action publique qui se trouve en cause. Tant que celle-ci restera conçue comme une forme de légitimation pseudo-démocratique d'une forme de décision technocratique, elle ne pourra générer aucune élévation de la capacité de pouvoir des gens. Et comme cette nature technocratique de la décision prend appui sur une définition impérieuse de l'intérêt général, la tâche paraît presque insurmontable. Elle pourrait toutefois être envisagée, pour peu que l'on relativise cette notion d'intérêt général au profit de celle de bien commun. Car le bien commun est ce qui relie les intérêts individuels, non ce qui s'oppose à eux. À la différence de l'identification technocratique de l'intérêt général, le bien commun s'obtient par une démarche procédurale de mise en relation de la part commune aux intérêts des différents groupes concernés par une action, par l'identification des avantages et des inconvénients relatifs de telle ou telle option pour chacun d'entre eux, par un jeu de négociation qui s'établit en conséquence et qu'arbitre *in fine* le responsable politique. Il n'y a de participation digne de ce nom que si l'on est présent à cette table et partie prenante (*stakeholder*, disent les Américains) dans la procédure.

Opposer une démarche procédurale de recherche du bien commun à une définition technocratique de l'intérêt général peut paraître satisfaisant sur le plan des principes mais fait aussitôt rebondir le problème sur la deuxième question que nous posions à ce propos en matière de rénovation urbaine : comment définir les limites d'un rassemblement pertinent des acteurs concernés légitimement par une telle opération ? Poser cette question, n'est-ce pas ouvrir la boîte de Pandore des fameux intérêts privés, qu'il s'agirait de réunir plutôt que de déchaîner ? Consultés, les habitants des immeubles voués à la démolition disent tous qu'ils veulent bien changer d'appartement à condition de rester dans le même quartier et dans un logement plus confortable. Mais à quoi bon engager une opération aussi onéreuse si l'on ne vise qu'à changer les murs, disent les élus ? À quoi sert la rénovation urbaine si elle ne permet pas d'instaurer cette fameuse mixité sociale qui la justifie et qui doit permettre de résoudre la totalité ou presque des problèmes sociaux des habitants du quartier en question ? Et puis, qui décide ? Les élus ou les habitants ? Si le maire est élu, c'est bien pour prendre ses responsabilités, s'exclament nombre de ceux-ci, révulsés à l'idée de devoir consulter des habitants source de tous leurs ennuis, alors qu'ils disposent enfin d'une occasion de s'en débarrasser ! À cette contradiction, l'urgence apporte heureusement, si l'on peut dire, une solution, puisqu'elle fournit l'alibi d'une consultation minimale.

N'y a-t-il aucune « sortie par le haut » à cette contradiction entre la position rétractile des habitants les plus concernés et l'urgence des opérations dont s'autorisent les élus pour mettre fin aux discussions avant qu'elles aient commencé ? On peut évoquer diverses formules étrangères comme les *housing associations* anglaises où, mieux encore, les *community development corporations* américaines (corporations de développement communautaire, CDC), qui fournissent un support pour l'établissement d'une transaction entre les habitants d'un quartier et la municipalité. Les CDC sont des associations devant comporter dans leurs conseils d'administration plus de 50 % de résidants du quartier concerné par un projet de rénovation. De ce projet l'association a d'ailleurs l'initiative en raison d'un quasi-droit de planning qui lui est accordé par la municipalité sous réserve que les opérations qu'elle se propose de réaliser en matière de rénovation soient compatibles avec ses propres projets sur l'ensemble de la ville. Une telle latitude est permise par l'histoire bien particulière des quartiers populaires des grandes villes américaines. Désertées par la plupart de leurs habitants blancs partis vers les *suburbs*, ces *inner cities* ont été investies par les minorités ethniques et se sont trouvées aussi bien dévastées physiquement que décomposées moralement en raison de l'absence d'emploi, de la carence des revenus des municipalités, du retrait de l'État fédéral comme de l'inintérêt des investisseurs privés. C'est cet ensemble de renoncements qui explique la place éminente accordée aux habitants : quand personne ne peut ou ne veut faire quelque chose pour les gens, il reste encore une solution : faire appel à la capacité d'initiative de ceux-ci.

Les zones urbaines défavorisées des villes françaises sont loin de présenter un tableau aussi désespéré que celui qui a justifié l'émergence, et le succès, au moins relatif, des corporations de développement communautaire aux États-Unis. Mais celles-ci représentent toutefois une source d'inspiration possible pour qui recherche une formule de participation visant non pas, ou pas seulement, à légitimer le pouvoir d'en haut, mais à augmenter le pouvoir d'en bas. En l'occurrence, on peut imaginer la création, en France, d'agences locales de rénovation urbaine destinées à confronter l'initiative de la municipalité avec les habitants du quartier directement concernés par cette initiative ainsi qu'avec ceux de l'espace urbain qui environne ledit quartier, qui peuvent se trouver affectés par sa transformation. Au lieu d'une opposition entre le pouvoir des élus et l'appréhension plus ou moins « apaisée » des habitants des immeubles promis à la démolition par des formules fictives de participation, on disposerait, à une même table, de toutes les parties prenantes d'une opération, une table propice à la recherche d'un bien commun et non d'une opposition factice entre l'intérêt général et les intérêts particuliers.

Proposer une nouvelle démarche en définissant sa philosophie, son possible cadre organisationnel, permet de se la représenter, non de l'expérimenter. Encore faut-il pour cela que soient esquissées les modalités pratiques qui rendent effective une telle philosophie et qui permettent de remplir ce cadre. Comment donner corps à la représentation d'un quartier, aussi bien dans ce qui doit devenir le cœur de l'action que dans son environnement ? Les habitants de ces immeubles promis à la démolition/reconstruction sont, certes, à prendre en compte, mais ils ne représentent qu'eux-mêmes. De même, l'élu représente bien toute la commune, mais rien que la commune ! Il existe bien un registre où la parole des gens dépasse celui, purement réactif, de l'habitant de l'immeuble menacé et celle, toujours suspecte d'électoralisme, de l'élu, même s'il est indiscutable, en bonne démocratie, que la décision finale doit lui revenir. Ce registre intermédiaire, c'est le quartier. Voilà qui ne constitue pas une bien grande découverte, dira-t-on, car le thème du quartier a déjà été ressuscité du passé ancien de la ville par la politique de la ville elle-même, idéalisé en moyen de contrer les méfaits de l'urbanisme fonctionnel des années 50 et 60. Et le résultat ne fut guère à la hauteur des espérances. Le résultat fut, en fait, surtout à la hauteur de l'usage purement rhétorique qui en avait été fait alors.

Un quartier n'existe que si on le produit. Il n'est pas un produit d'évocation mais de fabrication. Les Américains, en la matière, sont devenus experts, spécialement depuis les mésaventures engendrées par leur rénovation urbaine des années 50. Ils savent faire exister un quartier en recourant à des professionnels formés à cet effet : les *community builders*. Lesquels ne sont pas, comme nos chefs de projet, dits de « développement social urbain », des dispensateurs de fonds pour des associations acceptant de profiler leurs activités selon les desiderata de l'État, mais des gens chargés d'identifier les composantes sociales et ethniques sur un quartier, les forces associatives et religieuses, les problèmes qui unissent les gens comme ceux qui les opposent, puis de réunir ceux-ci autour d'une initiative susceptible de faire prévaloir d'abord une tolérance mutuelle, ensuite un certain nombre d'objectifs communs, de les réunir aussi pour les rapprocher de personnes étrangères au quartier mais susceptibles de s'y intéresser d'un point de vue moral, intellectuel ou économique. Bref, c'est un travail d'architecte social, de promoteur de la vie urbaine aussi, dans la mesure où la ville, comme le rappelle Olivier Mongin, se doit d'être ouverte et fermée à la fois, se doit de fournir une protection mais aussi une ouverture, une possibilité d'entrer et de sortir, de se retrouver entre semblables *et* de se relier à d'autres [27].

La capacité de construire l'échelon du quartier n'est pas une spécialité exclusivement américaine. En Europe, aux Pays-Bas, en Allemagne, en Grande-Bretagne, des formules similaires se sont fait jour, moins méthodiques qu'aux États-Unis, mais tellement plus consistantes que les rares pratiques françaises ! Aux Pays-Bas, la réhabilitation des centres-villes où se sont logés le plus souvent les immigrés a été conduite sur la base, non d'une consultation initiale et formelle, mais d'une concertation permanente mêlant régulièrement représentants des habitants du quartier, techniciens et élus. Le plus souvent, ce sont les habitants qui ont décidé s'il convenait de démolir pour reconstruire ou seulement de réhabiliter un immeuble, qui ont choisi la formule des logements à produire et des équipements à implanter. Cette rénovation a été suivie de la gentrification de certains quartiers centraux, gentrification vécue, non comme substitution des Blancs aux immigrés, ni comme une mixité pure et parfaite, mais comme la possibilité de rapprocher des populations sans imposer un mélange. On peut trouver ainsi de part et d'autre d'une même place un ensemble rénové d'habitations pour immigrés et, de l'autre, des maisons individuelles restaurées où sont revenues des classes moyennes. La place est commune, utilisée par les enfants et les familles des deux groupes… même si les écoles restent visiblement distinctes [28].

27. Olivier Mongin, *La Condition urbaine*, *op. cit.*
28. Nous pensons ici à la place du Peintre à La Haye.

En Allemagne, le programme « Ville sociale » repose sur la mise à disposition aux associations d'habitants de ces quartiers d'un budget important destiné à leur permettre d'élaborer des projets pour celui-ci. La rénovation urbaine mobilise l'essentiel des crédits de ces programmes « Soziale Stadt ». Le mécanisme des décisions transite par un forum mensuel où toutes les parties intéressées sont représentées (même si la composition varie selon l'objet de la réunion) : élus, bailleurs sociaux, habitants, commerçants, agents de service. Toute décision doit être consensuelle. Cela signifie que les habitants ont un droit de veto sur des actions qui ne leur conviennent pas… mais aussi que le besoin de consensus appelle l'apprentissage de l'art des compromis pour la réalisation du *bien commun*[29].

Réunifier la ville en la démocratisant[30]

Que reprocher enfin à la formule du « gouvernement à distance » qui s'est discrètement imposée dans le domaine de la politique de la ville[31] ? Sûrement pas son principe, si l'on entend par là une moindre intervention directe de l'État dans le local au bénéfice d'une plus forte mobilisation des acteurs locaux. La démocratie ne peut, en principe, que gagner à rapprocher le niveau de la décision de celui du / des destinataire(s), à pouvoir ainsi les confronter. La

29. Sur le programme « Ville sociale », voir Alexandre Wagner, « Le programme 2002 », *in* DIV, « Ville et société ».
30. L'expression « ré-agglomérer la ville » est d'Olivier Mongin, cf. *La Condition urbaine*, *op. cit.*
31. Mais qui s'esquisse également dans d'autres secteurs plus inattendus comme celui de la recherche avec la création de l'Agence nationale de recherche (ANR).

formule du « gouvernement central du local » par laquelle Renaud Epstein décrit la période de « modernisation urbaine de la société » [32] ne se justifiait qu'autant que les élus se comportaient en notables d'une France provinciale et immuable. Ce n'est plus du tout le cas maintenant, tant les maires se posent, à présent, en véritables managers de leur ville et disposent d'équipes compétentes. La disparition en cours de la seconde formule, celle du gouvernement par contrat, à laquelle la politique de la ville a attaché son nom, ne paraît guère, non plus, à regretter. Car elle n'a pas tenu ses promesses. Certes, une idée forte la soutenait au départ : celle de la mise en œuvre d'une « interpellation réciproque » entre les équipes municipales et les services locaux de l'État. De cette confrontation entre les diagnostics des deux parties devaient naître des projets conformes, dans leur esprit, aux attentes de la politique nationale mais produits et portés par les élus. Il est progressivement apparu que les services locaux de l'État n'avaient pas de véritable capacité de diagnostic du territoire et encore moins la capacité d'œuvrer à un projet ou un contre-projet, à la différence des élus, qui, par profession, arpentent le territoire et en connaissent tous les secrets. Cela peut se comprendre : les agents de l'État ont vocation à répercuter les attentes du gouvernement, pas à développer une connaissance du local. Ils ne sont pas outillés pour cela, et le seraient-ils que cela pourrait bien les conduire à se placer en situation de rivalité dangereuse avec les élus plutôt que de co-production, car cette mission « créatrice », en venant s'ajouter à leur capacité de contrôle, les mettrait fatalement en contradiction avec les élus ou paraîtrait tout simplement inutile à

32. En référence à Thierry Oblet, *Gouverner la ville*, *op. cit.*

ces derniers pour qu'ils s'acquittent de leur nouvelle tâche. Un temps imaginé comme le personnage capable de synthétiser les connaissances des services sectoriels de l'État et de les utiliser efficacement dans la négociation avec les élus locaux, le sous-préfet ville est vite devenu un sous-préfet *à* la ville comme il y en eut aux champs : bon pour représenter l'État aux cérémonies, pour en rappeler les exigences formelles, mais absolument pas en position de coproduire un projet. La formule du « gouvernement à distance » s'impose donc par son économie, sa plus grande efficacité supposée. Elle découple le dispositif du contrat en attribuant la responsabilité du local aux seuls élus, tout cela à proportion d'une autonomie encore accrue récemment par la seconde loi de décentralisation. La latitude du gouvernement se trouve majorée dans la même proportion, puisqu'il dispose du moyen d'orienter les élus, de « conduire leurs conduites », selon la formule de Michel Foucault qui désigne tout précisément une forme de régulation non directement contraignante, jouant sur la liberté du sujet au lieu de l'annihiler par des interdits. Cette « conduite des conduites » des élus s'effectue donc à travers un système de pénalisations et de récompenses assorties de conditions, et tout cela à la faveur d'observatoires spécialisés dans le suivi chiffré des résultats des politiques conduites dans les zones défavorisées. Que la capacité de contrôle de l'État local devienne ainsi capacité d'évaluation de l'action des élus grâce à une connaissance fine fournie par les observations de l'effet de cette action paraît infiniment plus pertinent que la précédente tentative d'en faire une instance de co-production du local.

Que reprocher alors à une formule d'une efficacité si supérieure aux précédentes, sur le papier du moins, sinon…

son inefficacité relative à mieux satisfaire les attentes du législateur. La loi SRU, dans sa partie relative aux constructions de logements sociaux, ne réussit que médiocrement au plan quantitatif et encore moins au plan qualitatif, celui d'une contribution sérieuse à la déconcentration de la pauvreté. Le fameux 20 % de logements sociaux exigé des communes urbaines se trouve en débat chaque fois qu'apparaît un déficit ou une déficience en cette matière. Comme lors des incendies qui ont ravagé, à Paris en 2005, deux immeubles occupés par des minorités ethniques et disposant par ailleurs pleinement de la nationalité française, causant de nombreuses victimes dont des enfants. Ou, encore, avec les « nuits de novembre » qui ont souligné l'ampleur de la concentration de ces minorités dans des communes dont plus de la moitié des habitants vivent dans des HLM alors que nombre de communes voisines n'en ont pratiquement pas. Quant à l'Agence nationale de rénovation urbaine instituée par loi Borloo sur la rénovation urbaine, elle sert les plus rapides, qui ne sont pas forcément les plus nécessiteux, et ne distribue guère les fonds de manière équitable entre les communes de droite et de gauche. Une récente enquête montre que 65 à 70 % des communes bénéficiaires se situent à droite. Ce qui peut doublement choquer quand on sait que les communes de droite sont plus rarement affectées de pourcentages élevés de logements sociaux (même si la tendance est à un certain rééquilibrage en la matière). Les responsables de sa mise en œuvre commencent à s'apercevoir que cette loi ne passe guère pour un moyen d'améliorer la condition des populations concernées, comme cela était pourtant annoncé lors de son vote très consensuel. Sa mise en œuvre paraît brutale et semble adresser aux plus pauvres et aux minorités, à tort ou à raison, un message leur disant qu'« ils ne sont pas assez bons pour la municipalité » qui entreprend une rénovation, et que l'on voudrait bien les faire disparaître comme les immeubles qu'ils habitent, réaliser en quelque sorte une opération à la faveur de l'autre. Telle est du moins la complainte qui monte en Île-de-France et qui tourne parfois à la colère.

Pourquoi cette inefficacité relative d'un mode de gouvernement si prometteur ? Parce que tous les élus des communes pensent, d'abord, en fonction des attentes restrictives de leur électorat. Combien de maires préfèrent que leurs communes paient l'amende prévue pour les déficits en logements sociaux – même si l'appellation logement social est devenue très extensive – plutôt que risquer de perdre… les élections compte tenu des pétitions menaçantes qu'ils reçoivent en ce sens ! Combien d'élus se servent de la « loi de rénovation urbaine » avec pour seul souci, non pas les habitants des cités, mais les classes moyennes parties habiter loin de la commune alors qu'elles y travaillent, reportant sur d'hypothétiques accords avec leurs collègues voisins la question d'un relogement adéquat pour les immigrés qui vivaient, depuis deux ou trois générations, dans les immeubles voués à la démolition ? Cet électoralisme étroit est inévitable de prime abord. Mais c'est bien pour cela, dira-t-on, qu'a été votée, avec la loi dite Chevènement, une formule incitant fortement les communes d'une même agglomération à s'unir pour partager ainsi les ressources de la taxe professionnelle ainsi que mieux répartir le logement social entre communes riches et communes pauvres. Cette taxe professionnelle est un impôt inégalement distribué spatialement et socialement. Mieux la répartir devrait permettre de lutter contre « l'apartheid social » et donc de mieux réaliser les objectifs de la politique de la ville. En contrepartie d'une adhésion des communes à une formule d'intercommunalité, de nombreux avantages sont attribués à ces établissements publics de coopération intercommunale (EPCI) ainsi créés, comme le transfert, à leur profit, de ressources normalement allouées aux conseils régionaux et aux conseils généraux, dont, par exemple, les aides à la pierre, seul moyen dont les communes vont disposer, en sus de la loi Borloo, pour agir sur leurs parcs immobiliers.

La législation sur l'intercommunalité, la loi Chevènement en l'occurrence, serait-elle sans impact ? Loin de là ! Elle a connu une franche réussite. Cinq ans après sa promulgation, une enquête montre qu'elle rencontre un vif succès. Plus de 800 groupements intercommunaux ont vu le jour. Mais ce succès relève plus d'une « victoire à la Pyrrhus » que d'un accomplissement des buts initiaux [33]. L'analyse par Philippe Estèbe et Magali Talandier de l'application de cette loi montre qu'elle a engendré deux types d'intercommunalité. Reprenant la distinction durkheimienne de la solidarité de similitude (la première d'ordre historique, basée sur l'identité d'appartenance) et de la solidarité organique (correspondant à l'âge industriel, à l'apparition d'une interdépendance entre les gens du fait de la division sociale du travail), ils voient à l'œuvre ces deux types de raisonnement comme ayant présidé à la création des EPCI et, chaque fois, au préjudice relatif d'un principe d'équité. La formule de

33. Cf. Philippe Estèbe (bureau d'étude Acadie) et Magali Talandier (bureau d'étude L'œil). « La carte politique comme instrument de solidarité. L'intercommunalité à l'épreuve de la polarisation sociale », recherche PUCA, 2005.

la solidarité organique correspond aux EPCI regroupant une commune centre et les communes qui l'entourent directement, les unes où dominent une population aisée, les autres, une population plutôt pauvre, les unes disposant de peu de taxe professionnelle (TP), les autres relativement dotées de cette manne. N'est-ce pas là ce que souhaitait le législateur : un partage des richesses entre communes riches et communes pauvres, entre communes de riches et communes de pauvres ? Oui, à ceci près, comme Philippe Estèbe le montre, que les communes riches en TP sont aussi le plus souvent des communes de pauvres avec une grande partie de leur population vivant en HLM. Tandis que les communes pauvres en TP sont des communes résidentielles pour classes aisées. De sorte que le partage de cette richesse qu'est la TP revient à faire financer les services des communes de classes moyennes par les recettes fiscales des communes de pauvres riches en TP, donc à subventionner la stratégie résidentielle des communes périphériques [34]. Soit une sorte de prime à la péri-urbanisation dont on sait combien elle engendre de surcoûts en termes de services. Autrement dit, une redistribution intercommunale qui porte sur la taxe professionnelle, et non sur la fiscalité des ménages, ne constitue pas du tout une garantie de plus grande équité. Mais il y a plus inquiétant : l'apparition, en deuxième ceinture des agglomérations, de formes d'EPCI regroupant les communes selon une logique de clubs, parmi lesquels les auteurs distinguent tout particulièrement les clubs « dorés ». Cette formule de solidarité de similitude a visiblement pour but d'éviter les compromis avec des communes pauvres qui pourraient entraîner une déprécia-

34. *Ibid*, p. 79.

tion de leur foncier, même si l'argumentation se fait au nom de l'environnement. Les clubs de « l'âge d'or », marqués par l'importance des retraités, constituent une autre forme de repli, d'entre-soi communal, où le souci est d'éviter l'accueil d'actifs avec enfants bruyants... et le coût des services afférents à l'enfance.

Quels enseignements tirer de cet échec de la loi relative à l'intercommunalité en matière de solidarité des agglomérations ? On peut, à partir de ce constat, orienter l'action dans deux directions opposées. Soit estimer que la domination des stratégies « intéressées » qui s'instituent entre communes riches et communes pauvres fait signe d'une impossibilité de traiter les inégalités territoriales par ce moyen. Auquel cas, on pourrait être tenté de revenir à une forme d'intervention purement étatique et faire du seul zonage des territoires le support d'une action volontariste. À l'opposé, on peut estimer que, si une loi destinée à réduire les inégalités entre communes aboutit à les renforcer, c'est fatalement qu'elle survalorise le poids spécifique de l'échelon communal au lieu de le réduire et que c'est donc sa méthode qui se révèle défaillante. Auquel cas, il convient de l'améliorer. La première de ces deux options apparaît en contradiction avec les économies de pouvoir que permet l'évolution vers un mode de « gouvernement à distance ». Elle amène à faire retour vers une forme considérée comme un moyen trop « coûteux » d'exercice du pouvoir, trop lourd pour responsabiliser efficacement les élus locaux eu égard aux questions urbaines. Quant à la seconde option, elle suppose que l'on puisse réaliser une avancée démocratique capable de contenir l'égoïsme communal dont on a vu les effets intempestifs avec la loi dite Chevènement.

La relative déception apportée par la loi sur les EPCI oblige donc à envisager sérieusement la création d'un conseil d'agglomération élu au suffrage universel comme réponse aux concentrations excessives de pauvreté, à l'étalement urbain, à une hausse du foncier dans les centres de prestige, entraînant un « accaparement » de ceux-ci par un processus de gentrification qui, passé un certain seuil, s'auto-alimente. Bref, il faut faire de l'instance politique de l'agglomération le moyen d'une réaction à « la ville à trois vitesses ». Si la démocratie urbaine est bien, comme le dit le géographe Jacques Lévy, « le maillon le plus faible de la démocratie », pourquoi ne pas y remédier de la façon la plus simple qui soit, c'est-à-dire en faisant de la ville réelle, de l'agglomération donc, une entité démocratique à part entière englobant, surplombant même, les communes ? Sans toutefois les supprimer ou les annihiler, car, d'un point de vue démocratique, ce serait perdre d'un côté ce que l'on gagne de l'autre. Ce serait perdre le sens du local, car l'agglomération serait ainsi vécue trop exclusivement comme l'expression du global, du registre de la mondialisation. Cette remarque nous rappelle déjà que, si la ville est bien un maillon faible de la démocratie, cela tient à ce qu'elle n'est pas une circonscription comme une autre, un morceau de territoire bien délimité comme peut l'être un département ou une région, donc une entité définie par l'État pour la commodité de son administration.

Comment définir le territoire effectif d'une agglomération depuis que la ville n'est plus circonscrite par des murailles valant comme ses limites ? Il convient, bien sûr, de prendre en compte les communes environnantes envahies par les gens qui travaillent à la ville ou en dépendent et qui s'urbanisent dans son orbite. Mais jusqu'où ? Que faire par rapport aux communes où s'installent les gens pour fuir la ville proche, pour y vivre une autre appartenance, et qui ne dépendent pas clairement de la ville pour leurs emplois ou leurs loisirs ? Que faire par rapport au « mitage » des communes rurales qui ruine le paysage campagnard mais procure tant de bonheur aux familles qui s'installent « dans la nature », pour y fuir les nuisances urbaines et ne garder de la ville que les avantages tout en faisant payer à l'ensemble des collectivités, donc la ville, l'accroissement nécessaire des infrastructures de transport ? Et puis, comment « agglomérer » un phénomène urbain comme celui de l'Île-de-France ou encore le littoral méditerranéen continûment urbanisé de Nice à Marseille ?

Les Américains ont apporté à ces questions une réponse qui a le mérite de la simplicité démocratique, mais seulement celui-ci. Elle consiste à considérer que la souveraineté, ayant son siège dans les individus et non dans le territoire, celui-ci se composera et se décomposera au gré des décisions des habitants, et à mesure que le territoire de la ville s'étend. Ils décident par un vote, soit de s'annexer à la ville centre, soit de former une commune propre, nouvelle, selon une procédure dite d'*incorporation*. Les habitants d'un quartier de la ville centre ne sont pas non plus privés de cette possibilité de choix puisqu'ils peuvent faire sécession par une procédure de désincorporation s'ils estiment que la municipalité ne les traite pas équitablement. La tendance actuellement en cours aux États-Unis est de faire commune à part. Elle porte les habitants des *suburbs* à préférer l'*incorporation* à l'annexion pour ne pas payer l'aide sociale pour les habitants des *inner cities*. Cette tendance pose beaucoup de problèmes aux *local authorities* qui cherchent le moyen et surtout le principe à partir duquel rétablir une unité de la ville. Cela prouve au moins qu'une application de la démocratie qui ne tient pas compte du territoire urbain effectif, des continuités de celui-ci, ne peut qu'ajouter au problème au lieu de le résoudre [35].

Les Néerlandais ont adopté sur cette question de l'extension urbaine et de la délimitation des entités électorales un principe opposé, puisqu'il fait prévaloir le souci du territoire sur la liberté des gens, déterminant préalablement l'espace légitime des nouvelles installations urbaines. Afin de préserver le paysage rural du « mitage », de lui garder sa qualité, mais aussi d'éviter les banlieues informes autour des villes centres, ils définissent des aires territoriales nouvelles, à distance relative des centres en question, vers lesquels peut s'orienter l'urbanisation. Il en découle un paysage urbain fait de villes en grappe et un paysage rural parfaitement entretenu. Une telle option concilie le souci du territoire et celui de la démocratie, mais nécessite d'être adoptée par avance. Elle ne peut donc s'imposer que dans un pays où le territoire constitue la richesse des hommes, ce qu'ils ont gagné sur la mer et qu'ils s'interdisent à tout prix de gaspiller.

Comment concevoir, en France, un mode de délimitation de l'unité politique d'une agglomération qui évite le travers américain de l'escamotage du territoire sans pour autant

35. Cf. Cynthia Ghorra Gobin, « La ville et la société américaine », Paris, Colin, 2003.

pouvoir recourir à la manière néerlandaise de le faire prévaloir ? Comment tenir compte du mouvement de la ville dans le processus de sa démocratisation ? On ne peut pas compter sur la bonne volonté spontanée des élus. La loi Chevènement l'a démontré par les défauts de son application. Ni sur les habitants : les Américains en fournissent la preuve. Ni sur une action autoritaire de l'État, car ce serait remettre en cause la décentralisation. Reste alors la solution de formuler tout autrement la loi relative à l'intercommunalité. Celle-ci ne mobilise qu'un seul des deux volets d'une logique de récompenses et de peines. Une bonne intelligence du gouvernement à distance ne devrait pas se priver de la possibilité de sanctionner la logique de clubs de communes aisées en stipulant que les transferts financiers comme les prérogatives actuellement aux mains des conseils généraux ou régionaux mais intéressant les élus urbains ne leur seront accordés que proportionnellement à la nature socialement mixte des alliances communales d'abord et de leur décision d'élire des conseils d'agglomération au suffrage universel ensuite. Tant qu'à faire dans la logique utilitariste, autant être conséquent.

Que peut-on escompter de la création de tels conseils d'agglomération qui seraient élus au suffrage universel direct ? Que ceux-ci permettent de réaliser mieux localement ce que l'État réussit moins bien au niveau national ? Ce serait prendre la ville pour un équivalent d'État, donc se tromper sur sa nature. Que les agglomérations puissent avoir une politique de développement économique est indéniable, mais que celles-ci parviennent mieux que l'État à réaliser une redistribution sociale des revenus paraît plus que douteux. Les travaux de Laurent Davezies ont bien montré que la richesse d'une agglomération peut ne rien devoir à sa performance économique compte tenu de l'importance des transferts nationaux de revenus publics et privés effectués dans le cadre de la solidarité nationale et de la consommation privée [36]. Les salaires des fonctionnaires, les dépenses des retraités installés ou des touristes, peuvent faire qu'une agglomération du Sud de la France soit plus riche qu'une ville disposant d'un technopôle de pointe dans la Région parisienne. Le même Davezies démontre qu'une politique de redistribution financière, organisée au niveau local, est toujours peu significative à l'aune de la redistribution nationale. Inutile, donc, de rêver d'une instance d'agglomération qui réduirait sérieusement les inégalités entre ses habitants.

Que peut-on attendre alors d'une instance d'agglomération, sinon une plus forte redistribution ? Ceci, estime, à juste titre, Thierry Oblet, que l'agglomération peut agir, elle, sur les modalités plus que sur les montants de ladite redistribution, et que les premières pèsent largement autant que les seconds lorsqu'il s'agit de « faire société » [37]. À l'échelle de l'agglomération, on peut redistribuer avec plus de pertinence, aider plus efficacement les populations défavorisées. On peut mettre en place ce que nous évoquions plus haut à propos de la mobilité sociale et de la rénovation urbaine : des opportunités d'emploi pour les habitants des quartiers défavorisés, une nouvelle conception de la carte scolaire, une distribution des logements sociaux plus en

36. On peut trouver un résumé de ses travaux dans, Laurent Davezies, « Vers une macroéconomie locale. Le développement local entre économie productive et présentielle », rapport à la DATAR, août 2005.
37. Cf. Thierry Oblet, *Gouverner la ville*, *op. cit.*

accord avec les besoins et non selon les seuls critères généraux de l'article 55 de la loi SRU, une rénovation qui sache ouvrir la ville, redistribuer positivement les habitants des immeubles démolis plutôt que les renvoyer vers des communes qui n'en veulent pas, ou les entasser dans des logements vacants – et qui ne le sont pas par hasard ! De cette démarche, on peut surtout escompter une « ré-agglomération » de la ville [38], parce que les lieux en seront reliés, les barrières abaissées. Les lieux, les quartiers, les communes, ont besoin d'exister spécifiquement, mais tout autant de se connecter, de s'ouvrir pour faire ville. Seule la communauté d'appartenance à une même entité démocratique peut permettre cet « affranchissement », selon la formule d'Olivier Mongin qui évoque ainsi le sens originel de la ville, celui d'une émancipation.

38. Olivier Mongin, *La Condition urbaine*, *op. cit.*

CONCLUSION

L'esprit de la ville

Mieux vaut, disons-nous, réaliser la mixité sociale dans la ville en facilitant la mobilité en son sein de la population des zones urbaines défavorisées qu'en déployant dans celles-ci une mixité sociale imposée. Il importe, certes, de conduire d'importantes rénovations urbaines dans ces quartiers, mais ces réalisations se révéleront d'autant plus efficaces qu'elles s'inscriront dans la perspective de l'augmentation du pouvoir des habitants sur leur quartier et dans la ville au lieu de limiter leur objectif, comme c'est visiblement le cas, le plus souvent, à la seule préoccupation de récupérer un foncier propice à l'accueil des classes moyennes, souci des bailleurs mais aussi des élus. Ces deux soucis, mieux prendre en compte les préoccupations immobilières des classes moyennes et rechercher l'augmentation du pouvoir des habitants des quartiers en question, n'étant d'ailleurs pas incompatibles dans la mesure où ils ne se réduisent pas à une manipulation des plus faibles. Il faudrait enfin s'employer à réunifier la ville par une formule d'intercommunalité politique qui amène les communes à partager les moyens et les difficultés plutôt qu'à s'associer selon une logique de club, les riches d'un côté, les pauvres de l'autre, et au milieu les communes de riches – mais pauvres par le revenu de la taxe professionnelle – s'associant aux communes de pauvres – mais disposant de recettes importantes, que l'EPCI va utiliser pour financer le développement des premières.

Ces réorientations de la politique de la ville nous sont suggérées, non par un choix doctrinal préalable, l'effet d'une certitude théorique et politique, mais par l'observation des pratiques, par les enseignements des programmes conduits dans les nations d'Europe et d'Amérique du Nord confrontées à des difficultés similaires. Ces observations invitent, cependant, à une certaine correction de la philosophie de l'action conduite en France au titre de la politique de la ville. Pour qualifier ce déplacement, nous nous sommes contenté, jusque-là, d'un changement dans la préposition mise en avant de l'objet ville : de dire donc qu'il convenait de passer d'une politique *de* la ville à une politique *pour* la ville. Ce changement a, certes, quelque portée suggestive. Mais comment définir plus explicitement ce qui se trouve ainsi avancé ? Y a-t-il un enjeu théorique que recouvre ce déplacement, ou bien n'est-il qu'une commodité pour désigner un choix dont les résultats seraient meilleurs d'un strict point de vue pragmatique ? On sait l'importance de la validation théorique pour nous autres Français, attestée par cette anecdote cruelle qui court les colloques anglo-saxons : un Anglais décrit une expérience très réussie, très probante, tout le monde applaudit, sauf le Français de service qui s'interroge : oui, dit-il, cela marche dans la pratique… mais est-ce que cela fonctionne dans la théorie ? Alors, nous allons essayer de préciser ce qu'il peut y avoir comme enjeu théorique à cette substitution. Tout se joue, selon nous, dans la prise en compte par l'État du territoire urbain comme présentant ici ou là un problème qu'il lui appartient de régler pour y restaurer son autorité ou bien de la Ville comme phénomène spécifique, ressource, solution, qu'il convient de développer pour qu'elle produise tous ses effets positifs.

Disons que, par l'expression «politique *de* la ville», on peut désigner l'ensemble des procédures d'action visant les quartiers entendus comme partie de l'espace urbain sur laquelle l'autorité de l'État apparaît en péril du fait des violences, des émeutes, du déficit d'efficacité de ses services. Ce qui se trouve en jeu, pour les protagonistes de cette politique, c'est le territoire, donc l'autorité de l'État. Rappelons, à cet égard, la définition du mot «territoire» par le *Dictionnaire historique de la langue française Le Robert*. À l'origine, dit ce dictionnaire, le mot territoire désigne «une étendue de terrain sur laquelle est établie une collectivité qui relève de l'autorité de l'État[1]». Voilà qui explique, *a minima*, la volonté, *via* cette politique dite de la ville mais s'appliquant plutôt sur la ville, de «territorialiser» les politiques publiques. Il faut entendre par cette expression le souci de mieux adapter ces politiques à ces étendues urbaines qui échappent à son autorité afin de la restaurer. Dans cette démarche, la ville est une partie de territoire national comme une autre, depuis que l'État a «capturé» les villes, selon l'expression de Gilles Deleuze[2]. Celui-ci tient à souligner avec Félix Guattari l'hétérogénéité des deux régimes, urbain

1. «Étendue de surface terrestre sur laquelle vit un groupe humain et spécialement une collectivité politique nationale ou encore, étendue de pays sur laquelle s'exerce une autorité, une juridiction». Et à l'origine: «Étendue de terrain sur laquelle est établie une collectivité qui relève de l'autorité de l'État» (*Dictionnaire historique de la langue française Le Robert*).

2. Gilles Deleuze, Félix Guattari, *Mille Plateaux* (*Capitalisme et Schizophrénie*, t. 2), Paris, Minuit, 1995, p. 538-542.

et étatique. Autant la ville constitue un passage, une entrée et une sortie, sur une ligne horizontale, une route en l'occurrence, autant l'État relève de lignes verticales, venant toujours d'en haut, supposant une bureaucratie. C'est bien pourquoi le territoire est l'espace de l'État en tant qu'administré par une bureaucratie d'État, tandis que la ville met en jeu un principe de « déterritorialisation » selon une expression chère à Deleuze. La capture de la ville par l'État, celle des réseaux et des villes marchandes à la fin du Moyen Âge par les empires, a été décrite par Braudel. Mais l'hétérogénéité des deux régimes, urbain et étatique, se ressent jusque dans la transformation de la ville par l'État avec le caractère d'anti-ville qu'ont eu explicitement les « grands ensembles ». Revenant sur le « territoire » d'application de ces formules, après leur échec constaté, l'État veut reprendre son ouvrage, le modeler mieux, faire en sorte de le normaliser, de faire rentrer ces quartiers « dans la moyenne », selon l'expression utilisée lors du lancement du Pacte de relance de la politique de la ville par Alain Juppé et que reprend, de manière plus volontariste encore, la loi Borloo portant sur la rénovation urbaine. La moyenne étant, pour le coup, ce qui rend une partie de l'étendue sur laquelle s'exerce l'autorité de l'État indistincte du reste du territoire. Bref, la politique *de* la ville vise à faire en sorte que *la ville ne fasse plus problème*. Parce que la mixité sociale aura réduit les singularités qui la menacent, comme ces concentrations de minorités, parce que la discrimination positive en faveur de ces territoires défavorisés aura permis d'y faire venir des emplois et d'y améliorer le fonctionnement des services.

Voilà bien la raison du malaise persistant associé à la politique *de* la ville : c'est que, traitant de la ville, elle associe ce terme uniquement à un problème et jamais à une solution. Ou plutôt, elle ne se préoccupe pas de ce qui fait *l'esprit de la ville*. Cet « esprit de la ville », on a vu qu'il consistait en une capacité propre à la logique de réseau, à la force des lignes horizontales, à développer l'énergie des individus par la mobilité, celle des groupes par la production de forces au niveau du quartier, celle de la ville dans le réseau des villes lui-même par la construction d'une identité politique de l'agglomération. Si elle ne s'occupe pas de cet esprit, dira-t-on, c'est que la ville, son esprit originel, a disparu au profit de l'urbain généralisé, selon la formule de Françoise Choay, à savoir une extension infinie de tissu urbain qui envahit l'espace, à l'opposé de la ville d'autrefois qui absorbait les gens. Ne les contenant plus, elle ne mérite pas plus le titre de ville qu'un territoire qui a épongé un lac ne mérite celui de lac. Du fait de cette généralisation de l'urbain, de sa presque coïncidence avec la totalité du territoire, n'est-il donc pas vain de vouloir faire fond sur une spécificité de la ville, sur un esprit de la ville ? Pourquoi en appeler à une politique *pour* la ville quand il n'y a plus de ville, du moins au sens originel du terme ? Il convient d'abord de savoir ce qui a permis de la produire, son mécanisme effectif d'engendrement. C'est ce qu'a fait Olivier Mongin dans son ouvrage sur « la condition urbaine ». En quoi consiste donc « l'invention » propre à la ville ? En une formule très simple, à savoir la mise en œuvre d'un espace à la fois ouvert *et* fermé. Étrange formule qui semble se résumer au seul souci de prendre à contre-pied l'adage populaire selon lequel il faut qu'une porte soit ouverte *ou* fermée. Et puis, pour peu qu'on la considère sérieusement, cette formule ne vaudrait-elle pas tout aussi bien pour la maison, pour la ville, pour n'importe quelle sorte d'agglomération humaine ? Ce n'est justement pas le cas, pour la simple raison que ces formes d'espace désignent bien un dedans mais pas un dehors. Ou plutôt, un dehors infini, menaçant, angoissant, un illimité où l'on peut se perdre. Tandis qu'avec la ville l'individu sortant de sa famille, de sa communauté, trouve un espace qui réinscrit son corps dans un autre corps, propre à apaiser l'angoisse du dehors, à transformer celui-ci en un environnement, en un ailleurs moins menaçant qu'attirant. La ville est, pour le corps humain sorti de son enveloppe familiale ou communautaire, protectrice comme un autre corps. Elle est le moyen, une fois que l'individu se trouve délié de ses appartenances premières, de se relier aux autres, d'une manière libre, fluide, de contenir ainsi la peur du vide, de l'incertain, de la transformer en envie d'aller et venir, de sortir et de revenir. C'est bien pour cela, par l'effet de cette faculté spéciale, que la ville est devenue le lieu du politique, en raison même de cette faculté de maintenir son espace ouvert et fermé, de rapprocher les individus tout en les maintenant séparés, libres les uns des autres, non « compactés ». Comment mieux exprimer cette faculté qu'en reprenant la fameuse image de la table qu'a proposée Hannah Arendt pour définir l'espace de la *vita activa* ? Car la table est à la fois ce qui réunit et ce qui sépare, donc le moyen de rapprocher pour l'action, d'associer les hommes et, en même temps, d'éviter qu'ils ne s'agglutinent, ne fassent masse, ne s'effondrent les uns contre les autres au détriment de toute action possible.

Il suffit d'évoquer le mécanisme producteur de l'esprit de la ville pour envisager celle-ci sous l'angle de la *solution* et non plus seulement du problème. Car, si problème il y a dans la ville, n'est-ce pas du fait de la perte, dans ces fameuses cités, de l'association heureuse entre l'ouverture et la fermeture qui conjure la peur du dehors ? Du fait aussi, et par conséquent, de cette faculté d'y réunir les gens tout en les maintenant suffisamment séparés pour qu'ils ne s'effondrent pas les uns sur les autres, ne fassent pas masse, comme les fameux rassemblements de jeunes dans les halls d'immeubles ou sur les espaces communs, y rendant impossible toute action délibérée ? Si l'on parle tant, à propos de ces cités, d'enclavement, de relégation, n'est-ce pas, justement, du fait que ces espaces enferment plus qu'ils n'ouvrent, du fait que les espaces communs sont des lieux où l'on s'amasse, s'agglutine, où l'effet de masse s'oppose à la vie active ?

Cette négation de l'esprit de la ville dans les cités n'a pas été combattue efficacement par la politique de la ville première manière, celle qui y aménageait la vie associative, qui s'employait à en améliorer les services. Pourquoi ? Parce qu'elle participait aussi d'une certaine volonté de « contenir » la population à problèmes dans ces cités, d'en protéger le reste de la ville. On a plutôt fabriqué ainsi une sorte d'administration coloniale dont seule la partie inférieure de l'encadrement se voyait attribuée aux « indigènes », exactement comme dans nos antiques colonies. Non qu'il y ait eu là l'effet d'une stratégie délibérée. Mais la crainte que l'autorité de l'État sur le territoire se trouve menacée si un pouvoir se construisait en bas a produit lentement cet étonnant et partiel retour à une formule qui avait trop servi.

Retrouve-t-on mieux l'« esprit de la ville » avec les opérations de rénovation urbaine ? C'est leur ambition déclarée... d'une autre manière mais au même titre que les opérations de développement social des quartiers dans les années 80. Ce qu'elles apportent de plus, ce sont des moyens effectifs pour briser l'effet de fermeture excessif produit par un urbanisme et une architecture conçus contre le principe même de la ville. En fait, ces opérations, placées sur le signe d'une mixité sociale imposée, satisfont d'une autre manière au même désir de restauration de l'autorité de l'État que les précédentes, et guère plus à celui d'une recréation d'un esprit de la ville. Car l'expérience montre que la mixité imposée ne permet guère aux gens de se délier de leurs appartenances pour se relier aux autres, qu'elle incite plutôt chacun à se replier sur le groupe de ceux qui partagent le même code social que lui. La rénovation est donc nécessaire, mais tout autant difficile et insuffisante. Difficile car, pour produire sur les habitants l'effet bénéfique souhaité, il faut qu'ils en soient partie prenante, que l'orgueil de l'ingénieur et la volonté du politique apprennent à pactiser avec les craintes et les aspirations des habitants de façon que l'opération conduise à une responsabilisation de ces derniers dans ces quartiers, à une augmentation de leur pouvoir dans la ville. Insuffisante, dans la mesure où la possibilité d'aller et venir, de partir et revenir dans cet espace, suppose non tant une mixité sociale imposée qu'une facilitation de la mobilité pour ceux qui y vivent, donc un encouragement à la mobilité résidentielle volontaire, à la mobilité professionnelle, à la mobilité scolaire. Pour le coup, ce n'est pas l'action sur le quartier mais celle conduite au niveau de l'agglomération urbaine tout entière qui peut seule apporter ce complément nécessaire.

À supposer que l'on réussisse à réintroduire l'esprit de la ville dans ces quartiers défavorisés, ne se retrouverait-on pas comme des marins qui écopent avec une cuillère un bateau qui fait eau de toute part ? Car l'urbain généralisé va de pair avec une quasi-inversion de ce qui faisait la particularité de la ville «historique». Celle-ci offrait, en effet, un espace limité, ceint par ses murailles, un dessin ramassé, mais qui rendait possible un nombre infini de pratiques, de mises en scène publiques, d'actions politiques. Or, l'urbain généralisé est associé, comme le dit bien Olivier Mongin, à une véritable inversion de cette relation entre le lieu, limité, et les pratiques, illimitées. L'illimitation de l'espace urbain défait cette capacité matricielle du lieu de la ville. Elle décompose ce lieu en autant de lieux correspondant chacun à un type exclusif de relations. L'ouverture s'est tellement imposée au détriment de la fermeture que celle-ci n'offre plus tant une liberté protégée pour les mouvements qu'un pur repos, un espace d'immobilisation. La fermeture n'est plus l'occasion de déployer des pratiques nouvelles riches et inventives. Les lieux de l'habitat nous soustraient, au moins provisoirement, à un monde de possibles démesurément élargi par l'illimitation des flux, par tous les moyens de mise en contact. D'autant que la possibilité infinie des communications virtuelles restreint l'attente envers la ville comme opportunité de rencontres. Bref, du fait de l'urbain généralisé, soit nous nous tenons dans le mouvement, soit nous nous arrachons à ce monde de flux, pour goûter le repos, mais en devenant prisonniers, cette fois, du dedans, abandonnés à nous-mêmes et à l'entre-soi composé de ceux qui nous ressemblent et nous rassurent.

Ainsi retrouve-t-on l'analyse de la ville à plusieurs vitesses esquissée au début de cet ouvrage, mais avec la possibilité, peut-être, de viser la conjuration des séparations qui l'instituent. Car l'urbain généralisé n'est pas si simplement que cela un monde uniforme où chacun s'épuiserait dans les flux et se replierait dans un lieu réduit et réducteur des pratiques sociales. Il s'accompagne de la formation d'états de ville, ou d'urbain, si l'on préfère, sensiblement contrastés. Chacun de ces états entretenant avec l'esprit de la ville une relation qui n'est pas de simple dénégation et inversion mais aussi bien de tentation, de privation, de recherche.

Il est possible en ce sens de distinguer les différents états de l'urbain qui accompagnent sa généralisation sur fond d'une tendance à l'inversion de la relation entre les lieux et les flux. Il est opportun surtout de les « hiérarchiser » en fonction du rapport que chacun établit entre le système des flux et celui des lieux. Ainsi, l'intensité maximale des flux va caractériser la gentrification, cette forme d'entre-soi qui relie les membres supposés de la classe émergente de la mondialisation « par le haut ». Les *gentrifiers* recherchent dans les vieux centres un lieu qui soit *comme de la ville*, qui en ait, sinon la réalité, du moins l'apparence. Ils s'emploient d'ailleurs à la réinventer à leur manière, à multiplier les relations que permet la disposition de ces espaces centraux et restreints et, en conséquence, de plus en plus coûteux d'accès. Ils ont ainsi tous les avantages de la ville et aucun de ses inconvénients. Au moins l'espèrent-ils, à proportion du prix qu'ils mettent pour y acquérir un logement.

La relégation se situe à l'opposé. Les lieux contiennent les habitants à proportion de leur faible emprise sur le monde des flux. Ce sont des lieux de confinement plus que de repos ou de protection propice à des échanges. Autant la gentrification s'emploie à recréer une ville plus ou moins fictive, autant la relégation constitue le prix payé par les habitants à la construction de grands ensembles conçus comme l'antithèse de la ville. Ils n'ont de choix qu'entre l'agglutinement dans leur espace commun et le repli effrayé dans la sphère privée. Ils pâtissent de l'absence de ville autant que les *gentrifiers* se réjouissent d'y avoir un accès quasi privatif.

Quant à la péri-urbanisation, elle correspond à une inscription dans une multiplicité de flux, à une mobilité contrainte par les nécessités des parcours pour le travail, la scolarité, les sorties, qui fait que les lieux ne valent qu'autant qu'ils apportent la paix d'un environnement plus protecteur que libérateur de pratiques et de rencontres. Ils ne sont pas prisonniers de lieux de malédiction comme les « relégués », ni jouisseurs sélectifs d'une citadinité réinventée comme les *gentrifiers*. Ils ont fui les premiers et envient les seconds.

Considéré à travers cette formule de la ville à trois vitesses, l'urbain généralisé montre donc des situations tout aussi inégales quant au rapport à *l'esprit de la ville*. On voit bien que celui-ci fournit un principe de lecture des différents états de l'urbain selon ces trois vitesses. Pourquoi ce principe de lecture ne fournirait-il pas aussi un principe de guidage pour sa recomposition ? La ville n'est pas morte puisque vit son esprit, fût-ce sous la forme de la consommation obscène, de celle du manque criant ou encore du désespoir latent. La ville est simplement défaite. Elle peut donc être refaite, autrement, en prenant appui sur les formes auxquelles sa décomposition a donné lieu, en les reliant comme autant de fragments qui composent un ensemble auquel ne manque que la volonté de les réunir, donc d'estomper les barrières qui les séparent, sans prétendre les fondre dans une vaine utopie qui, justement, ne tiendrait pas compte de l'état actuel des lieux de la ville.

La ville est tout sauf commode à cet égard, car par sa nature, par son origine, elle se distingue de l'État, qui l'a certes « capturée », comme l'explique Gilles Deleuze, mais ne peut empêcher qu'elle vive, s'étende, se fasse et se défasse selon une logique qui perturbe celle du découpage étatique du territoire [3]. Démocratiser l'agglomération suppose donc l'étude préalable des conditions auxquelles ce principe d'unification est applicable compte tenu de la spécificité de la ville mais aussi de ce que l'on en escompte.

3. Cf. Gilles Deleuze, Félix Guattari, *Mille Plateaux*, *op. cit.*

Table des principaux sigles

ANRU	Agence nationale pour la rénovation urbaine
CDC	*Community development corporation*
DATAR	Délégation à l'aménagement du territoire et à l'action régionale (aujourd'hui DIACT : Délégation interministérielle à l'aménagement et la compétitivité des territoires)
DIV	Délégation interministérielle à la ville
DSQ	Développement social des quartiers
DSU	Développement social urbain
EPCI	Établissement public de coopération intercommunale
GPU	Grand projet urbain
GPV	Grand projet de ville
HUD	Housing and Urban Department
LOLF	Loi organique relative aux lois de finance
LOV	Loi d'orientation pour la ville
MEDEF	Mouvement des entreprises de France
MTO	Moving to opportunity
ORU	Opération de renouvellement urbain
PLH	Programme local de l'habitat

PUCA	Plan urbanisme construction et architecture
SCET	Société centrale pour l'équipement du territoire
SRU (loi)	Solidarité et renouvellement urbains (loi de)
ZAC	Zone d'activité concertée
ZEP	Zone d'éducation prioritaire
ZUP	Zone à urbaniser en priorité

Table

Avant-propos. De la galère à la racaille 9

Introduction 21

I. LA QUESTION URBAINE, ou l'apparition d'une logique de séparation dans la ville 31

Question sociale ou urbaine ? 33
La ville du XIXe siècle : une mise en scène du drame social . . . 36
Les deux faces du social : la protection des individus et la défense de la société 39
Le logement social : une synthèse de la protection des individus et de la défense de la société 42
Le grand ensemble : une anti-ville 44
La relégation 48
La péri-urbanisation 51
La gentrification 52
Une ville qui se défait 53

II. LA POLITIQUE *DE* LA VILLE, un traitement des lieux au nom de la mixité sociale par l'action à distance 59

Le contenu, la philosophie et les modalités de la politique de la ville 62
Les gens, les agents et les lieux 65
L'idéal de la mixité sociale 77

Pourquoi la mixité ? 79
« Le » remède pour la ville ? 82
Les non-dits de la mixité sociale 85
Vers l'action à distance 94
Une transition : le temps des contrats 99
Du contrat au « gouvernement par indices » 103
Vers l'« action à distance » 105

III. UNE POLITIQUE *POUR* LA VILLE, qui facilite la mobilité, élève la capacité de pouvoir des habitants et unifie la ville 113
Faciliter la mobilité plutôt qu'imposer la mixité 119
Élever la capacité de pouvoir des habitants 141
Réunifier la ville en la démocratisant 158

Conclusion. L'esprit de la ville 173

Table des principaux sigles 185

RÉALISATION : PAO ÉDITIONS DU SEUIL
IMPRESSION : NORMANDIE ROTO IMPRESSION S. A. S., À LONRAI
DÉPÔT LÉGAL : JANVIER 2008. N° 96747 (073764)
Imprimé en France